魔女が相棒？
ねぐせのヤマネ姫

作：柏葉幸子　絵：長田恵子

理論社

もくじ

1 はないちもんめの夢《ゆめ》 6
2 魔《ま》女《じょ》ってホント？ 14
3 私《わたし》がお姫様《ひめさま》！ 24
4 数があわない！ 42
5 弓月《ゆみづき》の城《しろ》 60
6 雪《ゆき》の角《つの》の屋敷《やしき》 74
7 えものの呪《のろ》い 92
8 雪《ゆき》の角《つの》のドッテちゃん 107
9 ホーライ、ガンバル！ 115
10 魔《ま》女《じょ》の相棒《あいぼう》 128

私《わたし》はサヤ。
見た目も勉強《べんきょう》も、だいたい平均点《へいきんてん》の小学校五年生。
友だちは少ない方かな。でも、最近《さいきん》、変《か》わった友だち？
ううん。友だちじゃない！　絶対《ぜったい》！
とにかく不思議《ふしぎ》な知り合いができた。
むこうは私《わたし》のことを相棒《あいぼう》だっていってる。
相棒《あいぼう》だなんていわれたくない。だって魔女《まじょ》だよ。
それもぜんぜん魔女《まじょ》らしくないの。
ぐうたらで、のんきで、魔法《まほう》がへたくそで、情《なさ》けない魔女《まじょ》。
どうしてあんな魔女《まじょ》に相棒《あいぼう》あつかいされるんだろう？
始《はじ》まりはこわい夢《ゆめ》からだったんだ。

1
はないちもんめの夢《ゆめ》

この頃《ごろ》、いやな夢《ゆめ》をみる。いつも同じ夢《ゆめ》だ。私《わたし》のねているベッドを誰《だれ》かがのぞきこんでいる。二人《ふたり》いる。声は二つだ。おばあさんともうすこし若《わか》い人だとおもう。そんな気がするだけだ。私《わたし》はねむっているのだから、どんな人たちなのか見てはいない。

「この子かねぇ。大きさはいいようだ」

しわがれた声がいぶかしげにいう。

「これでいい」

若《わか》い声がなげやりにいう。

これって私《わたし》のこと？　まるで物《もの》みたいだ。ねむっている私《わたし》はむっとする。

そして、目がさめる。誰《だれ》もいない。いつもの私《わたし》の部屋《へや》。夢《ゆめ》だもの、あたりまえだ。

次《つぎ》の日、また同じ夢《ゆめ》をみる。

「この子でいいだろうか？」

「これでいいって」

「そんな、いいかげんな！」

「なんとかなる」

なげやりな声は、肩《かた》ぐらいすくめたかもしれない。

「キモは太い方がよかろうが――」

「太いよ」

なげやりな声がすぐさまこたえる。

私《わたし》のことらしいとわかる。キモって何？

「ねむったままだよ。たいていとびおきて泣《な》くよ」

なげやりな声がヒヒッと笑《わら》う。

「おきてる！」

私《わたし》はベッドのうえにガバリとおきあがっていた。

誰《だれ》もいない。そりゃそうだ。夢《ゆめ》なのだもの。


「サヤちゃん、すっごい、あくび！」

学校の昇降口《しょうこうぐち》で、私《わたし》のあくびをみた同じクラスの萌《もえ》ちゃんが笑《わら》う。

「変《へん》な夢《ゆめ》みてさ。夜中に一度《ど》目がさめたら、ねむれなくなって、やっとねむったとおもったら、今度《こんど》は朝、おきられなかった」

また、あくびがでた。

萌《もえ》ちゃんは笑《わら》うのをやめた。妙《みょう》に真面目《まじめ》な顔になった。

「もしかして、はないちもんめの夢《ゆめ》？」

と、声をひそめる。

「何、それ？」

「はないちもんめの歌、知らない？」

萌《もえ》ちゃんは顔をちかづけて、ささやくようにきく。

「知ってるけど――」

とっさに歌詞《かし》がでてこない。どんな歌だっけ？

「あの子がほしい。あの子じゃわからん」

萌《もえ》ちゃんが小声でうたう。

この子にしよう。そうしよう、だったかな？　この子でいいだろうか？　これでいいよ。私《わたし》がみている夢《ゆめ》だ。

「あの夢《ゆめ》、はないちもんめの夢《ゆめ》っていうんだ」

私《わたし》も声をひそめていた。なのに、

「えー！　萌《もえ》ちゃんも、あの夢《ゆめ》、みたことあんの？」

ひそめたつもりの声が大きくなっていた。

「私《わたし》も二週間前ぐらいにみてた。あんがい、みてる子っているんだよ。うちのお姉ちゃんも、私《わたし》ぐらいの歳《とし》の時にみたって。あきえちゃんもみたって。こわかったよね。毎晩《まいばん》、泣《な》いておきるから、お姉ちゃんがどうしたのって？　うち二段《だん》ベッドの上と下だから。お姉ちゃんも、みたことあるって教えてくれた。二、三回みれば、もうみなくなるらしいよ。私《わたし》ももう、みなくなった。サヤちゃんも大丈夫《だいじょうぶ》だって」

萌《もえ》ちゃんは、私《わたし》の肩《かた》をポンとたたいた。

「どうして、あんな夢《ゆめ》、みるんだろう？」

「わかんない。でも、大きさのことといってない？」

「あ、ああ。これぐらいとかって――」

私《わたし》は萌《もえ》ちゃんと同じぐらいの背丈《せたけ》だ。そういえば、あきえちゃんもだ。三人とも五年生としたら小さい方だ。

「同じぐらいの背丈《せたけ》だから、はないちもんめの夢《ゆめ》をみるのかな？」

そうつぶやいて、同じじゃないことに気がついた。私《わたし》は泣《な》いてとびおきたりしない。私《わたし》はねむったままだ。これでいいといったなげやりな声をおもいだした。

「キモが太いって、どういう意味《いみ》かわかる?」

萌《もえ》ちゃんは本が好《す》きだ。国語の成績《せいせき》だっていい。

「うーん。おちついているっていうか、物事《ものごと》に動《どう》じないっていうか」

ほめられたのかとおもった。なのに、萌《もえ》ちゃんは、

「いい意味《いみ》でつかうのかなぁ。鈍感《どんかん》っていうか、ずうずうしいっていうか」

と、つけたした。

「太いよ」と断言《だんげん》して、ヒヒッと笑《わら》った。鈍感《どんかん》でずうずうしいからこの子にしようってことだ。この子でいいっていった。何かわからないけど私《わたし》って決《き》められた?

「そ、そりゃ、私《わたし》は泣《な》いたりしなかったけど——」

こわかったんだよといおうとする前に、

「サヤちゃんは泣《な》かないか。でも、私《わたし》はそんなサヤちゃんも好《す》き」

萌《もえ》ちゃんはにっと笑《わら》って行ってしまった。

私《わたし》は泣《な》かない。幼稚園《ようちえん》からいっしょだった優子《ゆうこ》ちゃんが転校《てんこう》した時も、クラスで飼《か》っていたハムスターが死《し》んだ時も泣《な》かなかった。悲《かな》しかったけど、泣《な》くのが恥《は》ずかしかった。泣《な》いているところを誰《だれ》かにみられたくない。泣《な》くもんかって歯《は》をくいしばってしまう。素直《すなお》じゃないって誰《だれ》かにいわれたこともある。夢《ゆめ》の中でもそうだったんだろうか？　自分の性格《せいかく》がうらめしい。

また、あの夢《ゆめ》をみたら泣《な》こう。泣《な》けるだろうか？　と心配《しんぱい》になった。

2
魔《ま》女《じょ》ってホント？

ねむるのがこわい。

あくびをかみころしてリビングでぐずぐずしていると、

「もう十一時よ。また朝、おきられなくなるわ」

そろそろねなさいと、お母さんが私《わたし》をにらむ。

「この頃《ごろ》、こわい夢《ゆめ》、みるんだ」

お母さんにいってみた。

「ぬいぐるみなんかとねてるからでしょ。胸《むね》にのっかってるんじゃないの？　胸《むね》に何かのってるとこわい夢《ゆめ》をみるっていうわ」

「そんなことない。まくらもとから動《うご》いてないもの」

クマのホッキョクとウサギのタヤンは、毎朝同じところにいる。

お母さんは納戸《なんど》から、丸い輪《わ》に蜘蛛《くも》の巣《す》のように糸をかけたものをもってきた。

「誰《だれ》かのアメリカみやげなんだけど。ドリームキャッチャーっていうんだって。悪《わる》い夢《ゆめ》をからめとってくれるそうよ」

お母さんは、それをベッドのまくらもとの壁《かべ》にぶらさげてくれた。

私《わたし》はぬいぐるみたちを棚《たな》におしこんだ。

ドリームキャッチャーのせいか、すんなりねむれた。


「あらま。おまじないにたよったよ。この子でいいかねぇ」

いつものいぶかしげな声がする。

やっぱりみるんだと、がっかりした。

「いいよ。私《わたし》らが来てるってわかってるってことだ。話ははやい。おきて、おきて！」

なげやりな声がきこえて、手をのばす気配《けはい》もする。

その手が私《わたし》の肩《かた》にさわる。さわっている！　夢《ゆめ》じゃない！

目をあけたら、二つの顔が私《わたし》をのぞきこんでいた。

「ひゃー！」

悲鳴《ひめい》をあげておきあがった。

私《わたし》のひたいと、一人《ひとり》のひたいがゴッと音をたててぶつかった。

「いったあーい！」

私《わたし》とその人が同時にさけぶ。

「お母さん！　お母さん！」

私《わたし》は、ひたいをおさえてさけんだ。

「さけんでもむだだよ。もう来ちまってんだし。それにしても、なんて石頭！

こぶができた！」

赤茶色の髪《かみ》をぼさぼさの二つの三《み》つ編《あ》みにした女の人がひたいをおさえている。黒い服《ふく》をきた太った人だ。

「お母さん、お母さん、変《へん》な人がいる!」

私《わたし》はさけびながら、その人から少しでもはなれようとベッドの上をおしりで後《あと》ずさった。

「これでいいのかねぇ。まあ、つれてきちまったんだ。なんとかおしよ」

いぶかしげな声が太った人の後ろを遠ざかっていく。やっぱり二人《ふたり》いたんだ。足音がカッカッとひびく。私《わたし》の部屋《へや》は畳《たたみ》にカーペットをしいている。あんな音がするはずがない。でもすぐに、ひょろりとした後ろ《うし》姿《すがた》も足音もきえていた。どうしてきえる? でも、そんなことにかまってはいられなかった。

とにかく、残《のこ》った変《へん》な人から後《あと》ずさる。私《わたし》のベッドってこんなに広かった? とおもった時、私《わたし》はベッドからころがりおちていた。

「いたあーい!」

また悲鳴《ひめい》がでた。

ころがりおちるはずがない。私《わたし》のベッドは壁《かべ》ぎわにある。それに、おしりがすごく痛《いた》い。ベッドからおちたことはあるが、こんなに痛《いた》いのは初《はじ》めてだ。

床《ゆか》にしりもちをついて見上げたベッドは大きくてマットの丈《たけ》もずいぶん高い。やっと、ここは私《わたし》の部屋《へや》じゃないと気がついた。

むきだしの石の床《ゆか》。はりのみえるうすぐらい天井《てんじょう》。そこから、ドライフラワーのようなものがたくさんさかさまにつりさげられている。床《ゆか》の上には、かごや木箱《きばこ》がおいてある。かびくさいような変《へん》なにおいもする。

「物置《ものおき》?」

つぶやいていた。

「失礼《しつれい》ね。私《わたし》の部屋《へや》」

つやつやしてぱんぱんにふくれた顔が、私《わたし》の目の前にひょいとのぞく。ひたいにこぶがある。ベッドをまわりこんできたらしい。

「だ、誰《だれ》？」

「この城《しろ》の魔女《まじょ》」

「ま、魔女《まじょ》」

いわれた言葉《ことば》をくりかえしていた。魔女《まじょ》になんてみえない。魔女《まじょ》ってしわしわのやせたおばあさんじゃないのか。この人は太っていて、若《わか》い、とおもう。

「さあ、立って！　時間がない」

ぽっちゃりした手が私《わたし》のうでをつかんで、ひっぱりあげる。

お母さん！　とまたさけぼうとして、さけんでもむだなことはわかった。ガラスもない窓《まど》から雪がいきおいよくふきこんで、その雪が床《ゆか》につもっている。冬らしい。今は九月だ。こんなに寒《さむ》いわけがない。私《わたし》の家ではないことはたしかだ。でも、どこなのだろう？

「かえして！　私《わたし》の家へかえして！」

うでをひっぱりあげられながら、その手をふりほどこうと私《わたし》は身《み》をよじった。

なんとか立ちあがった私《わたし》から、魔女《まじょ》は手をはなした。

「今日一日つきあってよ。用がすめばかえす」

私《わたし》より頭一つ大きいだけのずんぐりむっくりした魔女《まじょ》は、うんとうなずいてみせた。

うなずかれても信用《しんよう》などできない。ぱんぱんにふくれたほほにうずまっている青い目は、おちつかなげにチロチロうごく。

「うたぐってんだ」

魔女《まじょ》は宙《ちゅう》に手をのばして、何かをつかみとるしぐさをした。その手に、私《わたし》の部屋《へや》にあるはずの役《やく》たたずのドリームキャッチャーがあった。

「ほら。かえそうとおもえば、すぐかえせる。つきあってよ」

魔女《まじょ》はドリームキャッチャーを、私《わたし》におしつけてよこす。私《わたし》の家はすぐとなりだというようだ。

「本当にかえしてくれるの？」

私《わたし》は魔女《まじょ》とドリームキャッチャーをみくらべた。

「もちろんさ。今までの子もきちんとかえしてる」

魔女《まじょ》は、真面目《まじめ》な顔でまたうなずく。

ああと小さくうなずいていた。私《わたし》の前にも、ここへつれてこられた子はいるのかもしれない。萌《もえ》ちゃんたちは、泣《な》いてとびおきたからつれてこられなかった。でも、私《わたし》だけじゃなく、この子！　と決《き》められた子はいる。そうおもったら、少し安心《あんしん》だった。

「ね、たのむよ。下働《したばたら》きの女になれってわけじゃない。お姫様《ひめさま》だよ。もんくなんてないだろ」

魔女《まじょ》は肩《かた》をひょいとすくめた。

たのむよって、いいながら、どこか真剣《しんけん》さがないようにみえる。夢《ゆめ》の中でもそうだった。どこかなげやりな感《かん》じだ。誰《だれ》かに似《に》ている。誰《だれ》だろう？

ああ！　わかった！
近所《きんじょ》のラーメン屋《や》の
アルバイトのお姉さんだ。
本当はこんな仕事《しごと》は
いやなんだけど、
他《ほか》にすることがないから
しょうがないっていう
雰囲気《ふんいき》をまきちらして、
のろのろとラーメンを
はこんでくる。
あのお姉さんに似《に》ている。
宝来軒《ほうらいけん》のお姉さんだ。

3
私《わたし》がお姫《ひめ》様《さま》！

「何したらいいの？」

魔女《まじょ》の顔が少しほころんだ。私《わたし》がつきあうつもりになったとほっとしたらしい。

「ここは弓月《ゆみづき》の城《しろ》と呼《よ》ばれているんだけどね。今はけものの巣穴《すあな》なんだ」

「けものの巣穴《すあな》？　ここ、お城《しろ》なの？」

あたりをみまわしてみた。お城《しろ》のどこかなのだろうが、窓《まど》はあるがドアらしいものはない。魔女《まじょ》だというのだからホーキにのって窓《まど》から出入りするのだろうか？　壁《かべ》にホーキはぶらさがっている。

「城《しろ》の西の塔《とう》。今、呪《のろ》いがかかっててね」

魔女《まじょ》は、たいしたことじゃないという調子《ちょうし》だ。

「の、呪《のろ》いって——」

おとぎ話じゃあるまいしと笑《わら》いかけて、ブルッと頭をふった。おとぎ話の中にひきずりこまれたみたいだ。

「その呪《のろ》いが、今日はゆるむ。王様《おうさま》の誕生日《たんじょうび》なんだ。あんたは、お姫様《ひめさま》のふりして『お父様《とうさま》、お誕生日《たんじょうび》おめでとうございます』とかいってりゃいいんだ。楽《らく》なもんだ」

魔女《まじょ》はうんうんとうなずく。

「ばれるに決《き》まってる!」

あきれてしまった。どこが楽なのだろう。娘《むすめ》を見まちがう父親がいるだろうか。第一《だいいち》、人種《じんしゅ》がちがう。魔女《まじょ》はどこの国の人なのかわからないが、赤茶色の髪《かみ》で瞳《ひとみ》は青い。そばかすのある白い肌《はだ》だ。言葉《ことば》がつうじているのが不思議《ふしぎ》だった。

「大丈夫《だいじょうぶ》だって。背丈《せたけ》さえ同じぐらいなら、ばれやしない。みんな、けものの呪《のろ》いからさめて、ぼーっとしてる。頭数《あたまかず》さえあえばいいんだ。パタリに一人《ひとり》足りないって、知られなきゃいいのさ」

「けものの呪《のろ》いって何？　パタリって誰《だれ》？」

わけがわからなかった。

「キモの太いのも善《よ》し悪《あ》しだ」

魔女《まじょ》の毛虫のようなまゆがよる。

「今までの子は泣《な》きながらでも、何もきかずに身代《みが》わりをつとめてくれたんだけどね」

魔女《まじょ》は面倒《めんどう》くさいねぇとチッと舌《した》をならして、私《わたし》をにらんだ。

「私《わたし》はきちんと説明《せつめい》してもらわないといやです」

急《きゅう》にていねいな口調《くちょう》になった私《わたし》は、口を真一文字《まいちもんじ》にむすんでいた。

こんなことはなれっこだった。私《わたし》は面倒《めんどう》くさい子らしい。ただの掃除《そうじ》の手順《てじゅん》だって、どうして掃《は》き掃除《そうじ》から始《はじ》めて、拭《ふ》き掃除《そうじ》は後なのか？　とか。つまらないことなのだろうが気になると、どうしようもない。お母さんも、「たまには何も考えずに『はい』っていってみたら。サヤだって楽だとおもうわ」といったことがある。私《わたし》は、もしまちがっていたとしても、そうなのか！と自分で納得《なっとく》したい。

魔女《まじょ》は、小さなため息《いき》を一つついて話しだした。

「この城《しろ》は雪《ゆき》の角《つの》という魔女《まじょ》にけものの呪《のろ》いをかけられている。領土中《りょうどじゅう》の者《もの》たちが、クマやオオカミやウサギや鳥に姿《すがた》をかえられて森にはなたれた。この呪《のろ》いの間中、弓月《ゆみづき》の領土《りょうど》は雪におおわれ時も止められている。領土《りょうど》といっても、このあたりでは一番小さな国なんだけどね。その呪《のろ》いが今日だけはゆるむ。城《しろ》へみんな帰ってきて人にもどる。クマになった者《もの》たちはこの城《しろ》のホールで冬眠《とうみん》してたりするけどさ。雪の角は、自分の呪《のろ》いから逃《に》げ出した者《もの》がいないか、人数をたしかめに、おつかいまのパタリをこの城《しろ》へよこすわけ」

魔女《まじょ》は、しつこいったらというように顔をしかめた。

「おつかいまって知ってる。魔女《まじょ》の子分《こぶん》でしょ。黒ネコとかカラスとか」

絵本やアニメでみたことがあった。本当におとぎ話の世界《せかい》らしい。

「パタリはコウモリ」

「コウモリか」

ブルリと体がふるえた。まぢかに見たことはないけど、気味《きみ》が悪《わる》い。暗《くら》い洞窟《どうくつ》でさかさまにぶらさがっているイメージのせいだろうか。

「どうして、そんな呪《のろ》いをかけられたの？」

そうききながらも、きっと、その雪の角とかを仲間《なかま》はずれにしたんだとおもった。

小さい頃《ころ》、そんなおとぎ話を読んだことがある。あの頃《ころ》は、呪《のろ》いをかけられた城《しろ》がかわいそうだとおもっていた。でも、今は、仲間《なかま》はずれにする方が悪《わる》いとおもう。呪《のろ》われてもしょうがない。私《わたし》もたまに仲間《なかま》はずれにあう。泣《な》かないからだろうか？　面倒《めんどう》くさい性格《せいかく》だからだろうか？　そんな私《わたし》を好《す》きっていってくれる萌《もえ》ちゃんは、めずらしい。萌《もえ》ちゃんがいるから、そんなに気にならないけど、萌《もえ》ちゃんがいなかったら、私《わたし》だって呪《のろ》いをかけられるなら呪《のろ》っている。

「わけが、わからないんだ」

魔女《まじょ》の厚《あつ》い肩《かた》ががくりとおちた。

「雪の角はこの城《しろ》にはらをたてている。でも、どうしてなのかわからない」

「原因《げんいん》がわからなきゃ、あやまることだってできないでしょ」

「そうなんだ。他《ほか》の魔女《まじょ》たちも、いろいろ手をつくしてくれたんだ。でも、雪の角は何もいわない」

「ああ、さっき、もう一人《ひとり》いた」

私《わたし》はいぶかしげな声をおもいだした。

「夢《ゆめ》の尾《お》だ。夢《ゆめ》に入りこむのが得意《とくい》な魔女《まじょ》だよ。こっそり私《わたし》を助《たす》けてくれる」

魔女《まじょ》の声がやさしくなった。

私《わたし》は、この魔女《まじょ》が名のっていないことに気がついた。

「名前、なんていうの？」

年上だとおもうけど、ため口《ぐち》のままだ。どうしても、ていねいにいわなきゃいけないとは、おもえない。

「私《わたし》？　私《わたし》は、まだ名前がないんだ。魔女《まじょ》は、得意《とくい》な魔法《まほう》にちなんで、他《ほか》の魔《ま》女《じょ》たちに名前をつけてもらう」

魔女《まじょ》はまた肩《かた》をすくめた。

「ふーん。得意《とくい》な魔法《まほう》がないんだ」

たいした魔女《まじょ》ではないらしい。それはなんとなく感《かん》じていた。

「でも、名前がないと不便《ふべん》だよ。今だけでも私《わたし》がつけたげる。ええっとね、そうだ。ホーライにする」

「何、それ？」

「とにかくホーライ」

私《わたし》はうなずいた。宝来軒《ほうらいけん》のホーライだ。

「いい名前だよ。宝物《たからもの》が来るって意味《いみ》」

「どう呼《よ》ぼうと、どうでもいいよ」

ホーライは、それで話はすんだと、床《ゆか》にある大きな木箱《きばこ》へかけよった。

重《おも》そうなふたをあけて、中をかきまわしていたが、

「あった」

と光るものをひっぱりだす。そして、おいでと私《わたし》を手まねきした。

ホーライがもっていたのはティアラだ。それをひょいと私《わたし》の頭にのせた。ティアラは、あつらえたみたいに、私《わたし》の頭にぴたりとおさまった。

「一つぐらい本物《ほんもの》じゃないとさ」

ホーライは箱《はこ》の中から手鏡《てかがみ》もとりだして、私《わたし》にさしだしてみせる。

「おせじにも、にあってるとはいえないが」

くもった鏡《かがみ》に私《わたし》の顔がぼんやりうつっていた。ねぐせのついたショートカットの頭の上で、ティアラはキラキラとかがやいている。ホーライにいわれなくとも、にあっていないことはわかった。

「これって、私《わたし》が身代《みが》わりになるお姫様《ひめさま》のもの？」

頭の上のティアラをさわりながら、大事《だいじ》なことに気がついた。

「それじゃ、そのお姫様《ひめさま》は呪《のろ》いから逃《に》げたんだ」

ホーライはうなずいた。

「ホーライが逃《に》がしたの？」

ホーライは、まさかと首をふりながら、

「なんだろ、そのホーライってのは？」

と、不満《ふまん》げに私《わたし》をみる。

「だって、なんて呼《よ》ぼうとどうでもいいっていったじゃない。あ、私《わたし》はサヤ」

「それこそ、あんたの名前なんてどうでもいいよ」

私がお姫様!

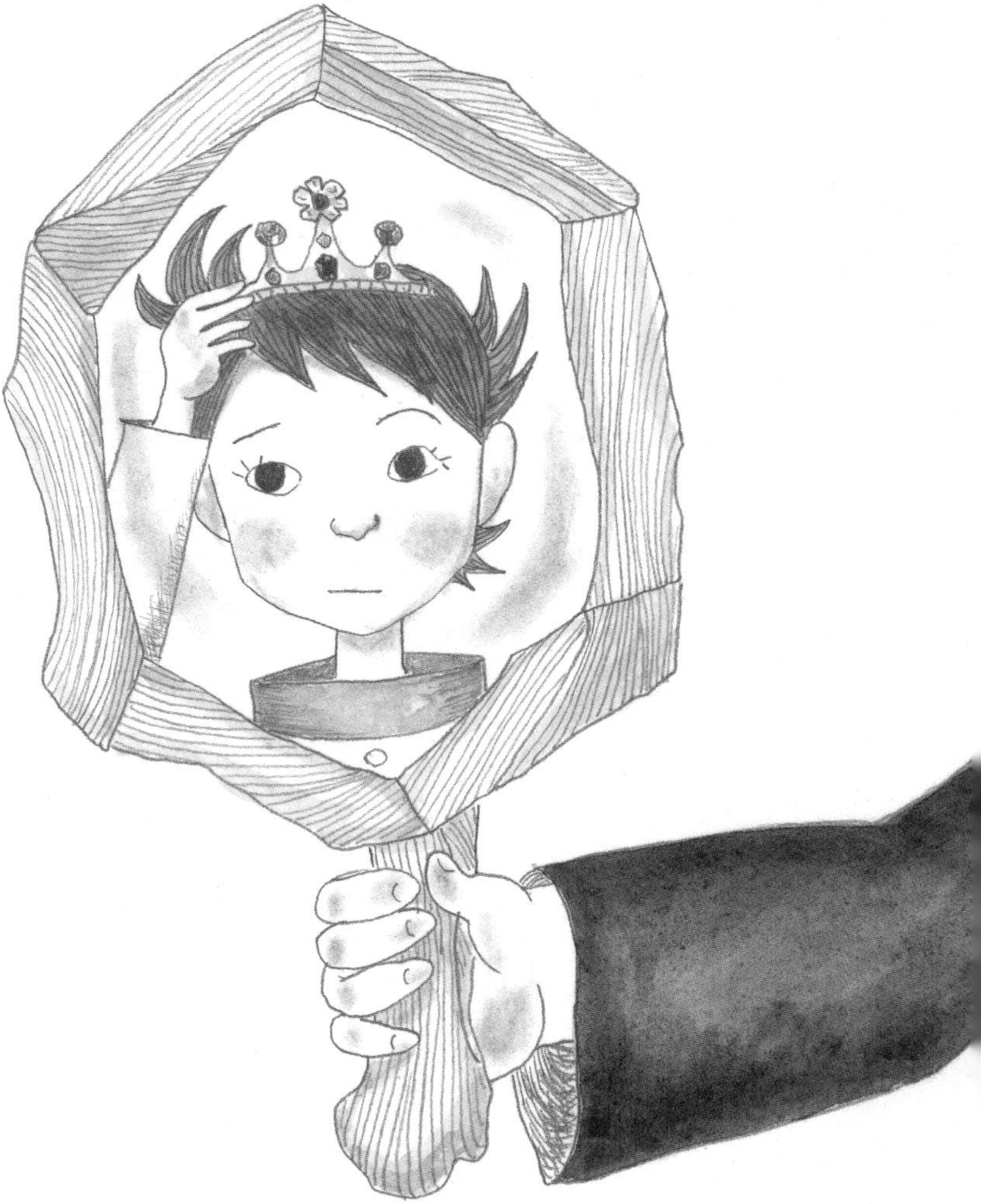

ホーライは、ちょっと顔をしかめて話しつづける。

「けものの呪《のろ》いをかけられて、そうさね、今日で丸五年だ。呪《のろ》いをかけられた次《つぎ》の年に、夢《ゆめ》の尾《お》たち十人ほどが、一人《ひとり》だけ逃《に》がしてくれたんだ」

「魔女《まじょ》が十人がかりでも、雪の角の呪《のろ》いにはかなわないってことか」

雪の角とは、力のある魔女《まじょ》らしい。そして、他《ほか》の魔女《まじょ》たちから、きらわれているのかもしれないとおもった。ホーライみたいなやる気のなさそうな魔女《まじょ》に味方《みかた》するのだ。呪《のろ》いをかけられたこの城《しろ》に同情《どうじょう》しているのかもしれないが、雪の角がきらいだからという理由《りゆう》もありそうだ。

「ああ。夢《ゆめ》の尾《お》たちが、自分のホーキから一ふさづつ集《あつ》めて小さなホーキを作って、こっそりとどけてくれた。小さなホーキだったから、あんたぐらいの姫《ひめ》しかのれなかった」

「そうか。それにのって逃《に》げたんだ。その姫君《ひめぎみ》が逃《に》げたことを雪の角に知られたくないわけか」

やっとわかったと、私《わたし》はうなずいた。でも、ともおもった。

「どうして私《わたし》なの？　っていうか私《わたし》の世界《せかい》の、私《わたし》の近所《きんじょ》の女の子たちなの？

この世界《せかい》の女の子をつれてきたらいい」

私《わたし》の口はとんがっていたとおもう。

「私《わたし》にだって呪《のろ》いはかかってんだ。けものになりはしないし、私《わたし》の時も止まってやしない。でも、ここに閉《と》じこめられてる。だから、他《ほか》の世界《せかい》へ行く方が楽だったりするわけさ。あんたの家のあたりが、他《ほか》の世界《せかい》の中では、私《わたし》が行きやすい場所《ばしょ》らしいよ。言葉《ことば》も通じるように魔法《まほう》をかけたが、おもったより簡単《かんたん》だったしね」

それで、萌《もえ》ちゃんやあきえちゃんも、ためされたわけかとうなずいた。

「それで、今年は私《わたし》」

私《わたし》は自分の鼻《はな》を指《ゆび》さした。

「そ。それであんた」

ホーライがうなずいた時、どこかで鐘《かね》がなりだした。

ガランゴロンとなる鐘《かね》の音がどんどん大きくなっていく。その音がかたまりになって窓《まど》からとびこんできたようだ。その音がぶつかったというように壁《かべ》の一部《いちぶ》がゆらゆらとゆがみだす。

「呪《のろ》いがゆるむ」

ホーライがゆるんでいく壁《かべ》にあごをしゃくった。ゆがみが木のドアに姿《すがた》をかえていた。

ホーライがそのドアをあけた。螺旋《らせん》の石の階段《かいだん》が下へつづいている。

ホーライはドアをでて、ついてこいと私《わたし》をふりむいた。そして、あっというように笑《わら》いだす。笑《わら》うと案外《あんがい》かわいいとおもう。でも、私《わたし》を見て笑《わら》っているとむっとしてしまう。どうして笑《わら》われているのかわからない。

「何色がいい?」

ホーライが私《わたし》の胸《むね》のあたりを指《ゆび》さしている。

着《き》ているもののことだと、パジャマをみおろした。胸《むね》に大きなクマのイラストのあるパジャマをきて、ねぐせのついた頭に本物《ほんもの》のティアラをのせているのだ。まのぬけたかっこうだ。でも、それもこれもホーライのせいだ。笑《わら》われておもしろくなかった。

「ドレスの色だよ。ピンクかい？」

ピンクは好《す》きだ。でも、ホーライのいいなりになるのはいやだ。

「オレンジ色」

「そうだね、あんたにピンクはにあわないか。ふーん、オレンジ色ねぇ」

ホーライはオレンジ色だってにあわないだろうというように小さな目を細めていたが、さっと右手をふった。

ウワッと声がでた。あっというまにドレスになっていた。赤味《あかみ》の強いオレンジ色だ。夕焼《ゆうや》けの色。七五三《しちごさん》のお祝《いわ》いの時、写真屋《しゃしんや》さんで借《か》りて着《き》たドレスみたいにぺらぺらじゃない。しっとり重《おも》みのある布《ぬの》で、スカートもたっぷりで、胸《むね》に金のブレードや本物《ほんもの》みたいな宝石《ほうせき》もついて、フリルをとったレースの高いえりもある。スカートをもちあげたら、同じ色の布《ぬの》の靴《くつ》をはいていた。

「すごい！　ほんとに魔女《まじょ》だったんだね」

私《わたし》が本気で感激《かんげき》したのがわかったらしい。

「なにいってんだい」

ホーライは少してれたように、でも、どこか得意《とくい》げに私《わたし》をみて、まあいいかとうなずいた。

「半熟卵《はんじゅくたまご》のくされかかった黄身《きみ》の色ってとこだね」

他《ほか》にいいようがないのかとがっかりした。

「呪《のろ》いのさめ方はさまざまだ。おかしなものを見ても驚《おどろ》かないこと。毎年見てるって顔してるんだよ」

ホーライは階段《かいだん》をかけおりる。

「まって」

「まだ何かあんの?」

いいかげんにしてくれと、毛虫まゆを八の字によせたホーライがふりかえった。

「私《わたし》のっていうか、私《わたし》が身代《みが》わりになるお姫様《ひめさま》の名前はなんていうの?」

ドレス姿《すがた》になって、身代《みが》わりなんだとあらためておもった。名前ぐらい知っておいた方がいい。

「ドヴァリエニャードッティウワ」
ド、ニャ、ドとしかきこえなかった。
「いえない」

うなだれた。

「いえなくていいよ。ここはちっぽけな国なんだ。でも、王様《おうさま》がまわりの大国《たいこく》と肩《かた》をならべたくて、むりやりつけたごたいそうな名前だ。たった一日だ。みんなけものをひきずってる。名前を呼《よ》んだりする余裕《よゆう》なんてないよ」

ホーライがかけだすように階段《かいだん》をおりる。後につづこうとしても、こわくて足が出ない。スカートがひろがりすぎて足元がみえない。

「スカートをたくしあげて」

もたつく私《わたし》にホーライがふりかえって、たくしあげる手まねをし、

「あ、みんなが帰ってきたよ」

と、階段《かいだん》にある窓《まど》から外をみた。たくさんの雪のかたまりが城《しろ》へむかってころがってくるようにみえる。すぐ、けものたちだとわかった。走ってくるうちに体についた雪がはがれおちる。茶色や黒の体やおおきな角もみえる。あの角はシカだろうか？

「私《わたし》は何のけものに変《か》わっていたの？」

スカートをもちあげて足をふみだしながらきく。

「知りたがりだねぇ。あんたはヤマネに変《か》わってたんだよ」

「ヤマネってわかんない。どんな動物《どうぶつ》？」

「ネズミかね」

きかなきゃよかったとおもった。

4

数があわない！

階段《かいだん》をかけおりていくうちに、うなり声や足音もきこえて、においもする。動物園《どうぶつえん》でかいだことがある。けもののにおいなのだろうか？
階段《かいだん》からホールのようなところへでた。またウワッと声がでた。ホーライがこわい顔でふりむいた。みなれているふりをしていろといわれたばかりだった。でも、目の前の光景《こうけい》に悲鳴《ひめい》がでそうだ。
動物園《どうぶつえん》の檻《おり》がなくなって、ごっちゃまぜになったみたいだ。クマの親子が今冬眠《とうみん》からさめたというように、前脚《まえあし》をぐんとのばして真《ま》っ赤《か》な口を大きくあけ、牙《きば》をみせながらあくびをしている。まだ雪を体につけたオオカミの群《む》れがホールへなだれこんできて、ウサギやリスが逃《に》げまどっている。そのウサギやリスをシカたちがとびこえ、オオカミの後をキツネがこそこそとはいってくる。イノシシの群《む》れがちがうオオカミの群《む》れとにらみあってうなっていた。床《ゆか》はけもののふんだらけだ。天井《てんじょう》ちかくは色とりどりの鳥たちがかしましく飛《と》びかい、お互《たが》いにぶつかってしまいそうだ。はりにタカやフクロウがとまって、するどい目つきで下をみおろしている。うなったり吠《ほ》えたりおそろしいさわぎだ。

もとは人間なはずだ。なのに、今目の前で、タカはウサギをねらい、オオカミはシカをねらう。けものになるということは、えものになる、えものを食べるということだ。私《わたし》は、車にはねられたネコにカラスが何羽もおりてきて、つつきまわすところをみたことがあった。あの時みたいに、体じゅうに鳥肌《とりはだ》がぞわぞわとたった。胃《い》のあたりがむかむかしだした。吐《は》きそうな気がした。

私《わたし》は、ホーライのうでにすがりついた。ホーライは、私《わたし》の顔色で何がいいたいのかわかったらしい。

「まだ、みんな本物《ほんもの》のけものになっちゃいない。食いあったりはしないよ」

そう教えてもらっても、目の前の弱肉強食《じゃくにくきょうしょく》の緊張感《きんちょうかん》にはたえられそうにない。ホーライの太いうでのかげにこっそりとかくれるように立った。

ホーライは入口の方を気がかりそうにみている。ひときわ大きなオオカミたちがかけこんできた。ホーライはそれをみて、ほっとしたようだった。

ガランゴロンとなりつづけていた鐘《かね》が、突然《とつぜん》やんだ。そのとたん、天井《てんじょう》のあたりを飛《と》びまわっていた鳥たちが、飛《と》び方をわすれたみたいにボタボタと音をたてて床《ゆか》へおちる。追《お》いかけたり、逃《に》げまわっていたけものたちも凍《こお》りついたように動《うご》きをとめた。

うなり声《ごえ》や吠《ほ》える声がなくなったホールは、突然《とつぜん》、静《しず》まりかえった。ホーライの緊張《きんちょう》した息《いき》づかいだけが大きくきこえる気がする。

私《わたし》の目の前にいたイノシシの姿《すがた》がゆらゆらとゆがみだした。イノシシはゆが

みながら、苦《くる》し気《げ》なうなり声をあげてよつんばいの男の人の姿《すがた》に変《か》わってい
く。キツネは、毛皮《けがわ》のふちどりのあるドレスのおばさんだ。おばさんは、よつ
んばいのかっこうから、何度《なんど》も床《ゆか》へたおれていたが、やっと人間らしく立ちあ
がった。けものたちは、みな苦《くる》し気《げ》な顔でうなり声をあげながら人の姿《すがた》にもど
りだす。でも、私《わたし》の目の前にいるウサギはまだウサギのままだ。よくみれば、
鳥もオオカミもまだいる。呪《のろ》いのさめ方はさまざまだとホーライがいった。
人間にもどった人たちの中には、私《わたし》でも、呪《のろ》いをかけられる前は何だったの
かわかる姿《すがた》をしている人もいた。赤いフロックコートに長いラッパをかかえた
人は、舞踏会《ぶとうかい》の時にお知らせのラッパをふく人だ。エプロンをした人は料理番《りょうりばん》
だろう。あそこには何のけものがいたろう。もう人の姿《すがた》の方が多いような気が
する。鎖帷子《くさりかたびら》に鎧姿《よろいすがた》の集団《しゅうだん》がいる。騎士《きし》なのだろう。あのあたりにはオオカミ
の群《む》れがいた。もう一つのオオカミの群《む》れは、毛皮《けがわ》のベストに弓をせおった
狩人《かりうど》たちにみえる。

よくみると、人間にもどったようにみえても、ドレス姿《すがた》のおばさんの口のあたりはキツネのままだ。キツネの口とひげがのこっている。鳥のくちばしがのこっているおじさんもいる。完全《かんぜん》に人間の姿《すがた》にもどった人はまだみえなかった。私《わたし》はこの不思議《ふしぎ》から目がはなせなくなっていた。ホーライのうでのかげから身《み》をのりだすようにホールへ目をこらす。その目をこすりたいのをなんとかがまんする。ホールへつめこまれたけものたちをみた時より、現実味《げんじつみ》はない。まるで手品《てじな》をみるようだ。けものが人間に変《か》わっていくのだ。パジャマから一瞬《いっしゅん》でドレスに変《か》わった時、これが魔法《まほう》かと驚《おどろ》いた。でも、目の前の光景《こうけい》は、不思《ふし》議《ぎ》だろう！　どうだ！　これが魔法《まほう》だぞ！　と私《わたし》にさけんでいた。このゆらめきの波《なみ》にのみこまれて、私《わたし》まで何かに変《か》わっていってしまうようだった。

「魔法《まほう》ってすごい！」

つぶやいた私《わたし》に、ホーライがシィーとひとさし指《ゆび》をたててみせる。

静《しず》まりかえったホールの入口の方からかん高い声がきこえていた。

「十一、十二」

数を数えていた。パタパタという羽音《はおと》もきこえる。虫の羽音よりは重《おも》い。でも、鳥の羽音よりは軽《かる》い。中途半端《ちゅうとはんぱ》な羽音におもえた。

「三十七」

金色の王冠《おうかん》に床《ゆか》までの丈《たけ》のあるローブをはおった男の人の頭のあたりに、茶色いコウモリがみえた。あれが雪《ゆき》の角《つの》のおつかいまのパタリだ。王冠《おうかん》の人はきっとこの城《しろ》の王様《おうさま》なのだろう。しらがまじりの黒いひげづらで、口のあたりはまだ動物《どうぶつ》のままだ。きっと、クマに変《か》わっていた人だ。

パタリは、

「五十五、五十六」

と、私《わたし》とホーライを数える。

「おお、魔女様《まじょさま》、まだこんな城《しろ》にいらっしゃるんでございますね。お友だちの魔女様《まじょさま》の誰《だれ》かに泣《な》きつけばこの城《しろ》から出ることぐらいできますでしょうに」

パタリは真《ま》っ黒《くろ》なまん丸の目でホーライをみる。

「毎年毎年、同じことをいうんじゃないよ。ききあきた」

ホーライが、さっさといけと手をふりまわす。

「こんな城《しろ》に呪《のろ》いをかけつづけるご主人様《しゅじんさま》のお気がしれません。ご主人様《しゅじんさま》が呪《のろ》いをかけずとも、どうせ滅《ほろ》ぶ城《しろ》でございますのに。五年もたつと、なかなか人にもどりませんね。けものになってしまうということでございましょうか」

パタリは、おおこわいとホーライの手をひらりとよけて身《み》をかわした。

ホーライの毛虫まゆが、少しつりあがった。おこったらしい。

「無駄口《むだぐち》たたいてないで、さっさと数えたらどうよ」

「わかっておりますとも。私《わたくし》めとて、こんなおつかいはうんざりでございますもの。はやく終《お》わらせて、あたたかいところでお昼ねでもしとうございます。

なのに、ご主人様《しゅじんさま》ときたら、この城《しろ》のことはお忘《わす》れにならないのですよ。今日だよと、毎年必《かなら》ずおっしゃるのですから」

パタリはぶつぶついいながら、ホーライのとなりにいる、まだけもののままのウサギの前で、えっとと首をかしげた。

「五十七だろ」

ホーライがおしえてやる。

「ああ、そうでございました。五十八、五十九」

パタリはまた数えながらとんでいく。

それを見送《みおく》りながら、私《わたし》はほっとしていた。パタリが数をたしかめれば、私《わたし》はこのおそろしいおとぎ話から解放《かいほう》される。

「五百七」

ホールの奥《おく》でパタリの声がとぎれた。あれっというかんじにきこえた。

そしてまた、

「一、二」

とパタリの声がきこえてくる。数えなおしているようだ。

すぐパタリの姿《すがた》がもどってきた。私《わたし》たちを数えていくが、さっきみたいにホーライにちょっかいをかける余裕《よゆう》はない。

姿《すがた》がみえなくなって、入口の方で
「ええー!」

と、悲鳴《ひめい》があがり、そしてまたあわてて数を数えてもどってくる。そんなことを何度《なんど》かくりかえしている。

数があわないらしい。足りないはずはない。私《わたし》が身代《みが》わりなのだもの。長ったらしい名前の姫《ひめ》の他《ほか》に誰《だれ》か逃《に》げたのだろうか。

「魔女様《まじょさま》」

パタリがホーライの前にとんできた。

「何をあわてるのさ。さっさと帰ったらいい」

ホーライが外の方へあごをしゃくった。

「数があいません」

「そんなことはないだろ」

ホーライはちろりと私《わたし》をみる。

「それが、多いのでございます」

「多い！　どうして！」

思いもかけないことをいわれたホーライも、驚《おどろ》いてあたりをみまわす。

「五百七人、五回数えなおしました。お一人《ひとり》、おおございます」

「増《ふ》えるはずがないよ」

「いいえ。増《ふ》えております。どうしてでございましょう」

パタリのまん丸な黒い目がホーライをにらむ。

「わ、私《わたし》をにらんだって私《わたし》にわかるはずがないだろ」

ホーライが三《み》つ編《あ》みをふりまわして首をふった。

「そうでございますね。あなた様《さま》にわかるはずがございませんね。城《しろ》付《づ》きの魔《ま》女《じょ》というのは、人間にこきつかわれるということでございましょう」

パタリは、ホーライをばかにしたようにふんと鼻《はな》をならす。

城《しろ》付《づ》きの魔《ま》女《じょ》というのは、あまりほめられた立場ではないらしい。

「あなた様《さま》は居《い》場《ば》所《しょ》がなくて、やっと『こんな城《しろ》』にでもやとっていただいたのに、結局《けっきょく》なにもできない役《やく》たたずでございますものね」

はらだちまぎれのパタリのひどいいいようにも、ホーライはおこるでもなく、おとなしく、そうともさとうなずいている。

たいした魔《ま》女《じょ》でもなく、やる気もなさそうだとおもっていたが、これではあまりに情《なさ》けない。それに、『こんな城《しろ》』とパタリがいうが、どんな城《しろ》だというのだろう。けものの呪《のろ》いなどをかけられた城《しろ》という意《い》味《み》だろうか？

「困《こま》りました」

パタリは、飛《と》ぶことにもつかれたと床《ゆか》にまいおりた。

「雪の角に一人《ひとり》増《ふ》えましたっていえばいいだけだろ」

「ひとごとみたいにおっしゃらないでくださいまし。一応《いちおう》、あなた様《さま》がお世話《せわ》になっている城《しろ》のことじゃございませんか。何かわからないのですか？」

ホーライは、わからないとうなずく。

「増《ふ》えておりますなどとお知らせしたのでは、まるで私《わたくし》めのせいみたいに、しかられてしまいます」

「面倒《めんどう》くさいねぇ。だったら、去年《きょねん》と同じでしたっていやぁいい」

ホーライは、簡単《かんたん》なことだとうなずく。

あきれてしまった。ホーライがパタリの立場なら、平気《へいき》な顔で今までどおりですといえるらしい。本当にいいかげんな魔女《まじょ》なのだ。

「そんな、おそろしいことをおっしゃらないでくださいまし。うそなどついたことがばれたら、私《わたくし》は虫けらにかえられて、ふみつぶされてしまいます」

パタリはぶるぶるふるえる。

「命《いのち》にかかわるのか。いっそのこと逃《に》げたらどうよ。遠くの国へとばしてやろうか?」

ホーライの提案《ていあん》をパタリは真面目《まじめ》に考えているようだ。黒い瞳《ひとみ》で宙《ちゅう》をみつめた。

「おつかいまをするのなら、他《ほか》の魔女《まじょ》の方が仕事《しごと》をしやすいだろ。雪の角のおつかいまは、たいてい逃《に》げだすそうじゃないか」

「はい。今までのご主人様《しゅじんさま》のおつかいまは、もって百日、一番はやいので半日で逃《に》げだしたときいております。黒ネコもカラスもガマガエルもコウモリもいたらしゅうございます。何百年もご主人様《しゅじんさま》はお一人《ひとり》でいらっしゃったそうで、ほんとに何百年ぶりに私《わたくし》の前のおつかいまをつかいだしたらしいのですが、おつかいから帰ってこなかったそうで、その一年後に私《わたくし》がやとわれました」

私《わたし》は、魔女《まじょ》というのは長生きらしいとホーライをみた。何百年ぶりとかっていっている。ホーライはいくつぐらいなのか気になった。

「ふん。そいつも逃《に》げたんだろう？」

ホーライは鼻《はな》をならす。

「いいえ。ご主人様《しゅじんさま》は、帰ってこないと――。行方不明《ゆくえふめい》だとおっしゃっておいでです」

「逃《に》げたに決《き》まってる。行方不明《ゆくえふめい》だっておもいたいだけさ。でも、あんたは長《なが》持《も》ちしている方だろ。呪《のろ》いをかけられて五年、ここにくる雪の角のおつかいまはずっとあんただ。よほど気にいられてるんだね」

「私《わたくし》めは、話せるようにしていただける、おつかいまの仕事《しごと》が好《す》きなのでございます。なにしろおしゃべりなものでございまして。でも、ご主人様《しゅじんさま》は、私《わたくし》めを気にいってくださっているわけではございませんでしょう。私《わたくし》めでも、しょうがないとがまんなさっているというか、あきらめておいでなのでしょう。そうでございますね。この城《しろ》の人数をたしかめるのが、私《わたくし》めの初仕事《はつしごと》でございました。この城《しろ》にご主人様《しゅじんさま》が呪《のろ》いをかけてからちょうど一年後におつかいまにしていただきましたから、おお、丸四年、おつかえしたことになります」

パタリはそんなになるかと自分でも驚《おどろ》いたように目をみはった。

「あんたは、逃《に》げだすつもりはないわけか――」

どうしてだと、ホーライはパタリをみる。

「気むずかしい、おそろしいご主人様《しゅじんさま》でございますが、はたでおっしゃられるほど冷《つめ》たいお人ではございませんのです。それに、今、お体のぐあいがすぐれません。こんな私《わたくし》めでもおそばにいないと――。でも、初仕事《はつしごと》でこの城《しろ》へ来た時は、いくら『こんな城《しろ》』でも、けものの呪《のろ》いとは、あまりにむごいと、ご主《しゅ》人様《じんさま》のおそろしさにふるえあがったものでございます」

ふるえあがったが、今はそうでもないといいたいらしい。パタリも雪の角になれたということなのだろうが、私《わたし》はパタリがいう、こんな城《しろ》といういい方が気になった。ずっと、ばかにしたように『こんな城《しろ》』といっている。

5
弓《ゆみ》月《づき》の城《しろ》

「『こんな城《しろ》』って――」

私《わたし》はつぶやいていた。そして、しまった！　と青くなった。城《しろ》の人たちはまだ何も話してはいない。黙《だま》っていなきゃいけなかった。ホーライも、あっという顔で私《わたし》をみた。

パタリの黒い目が初《はじ》めて私《わたし》をきちんとみた。

「この城《しろ》の姫君《ひめぎみ》でいらっしゃいますか。幼《おさな》くていらっしゃるので、ご自分の城《しろ》の状況《じょうきょう》をごぞんじないのでございますね」

パタリは、私《わたし》を気《き》の毒《どく》気《げ》にみただけだ。私《わたし》が話したことを気にかけてはいない。呪《のろ》いのさめ方はさまざまなのだ。話《はな》し始《はじ》める者《もの》がいてもそう気にならないらしい。私《わたし》はどっとでた冷《ひ》や汗《あせ》をふきたかった。ホーライは、天井《てんじょう》をむいて、小さなため息《いき》をついていた。

「弓月《ゆみづき》の城《しろ》の領地《りょうち》は山と森ばかりでございましてね。肥沃《ひよく》な土地があるわけでも、これといった鉱物《こうぶつ》がでるわけでもございません。貧《まず》しいお国なのでございますよ」

パタリはおしゃべりだといった。話すことが好《す》きらしい。

「貧《まず》しいことは、この姫《ひめ》だって知ってるよ」

ホーライが口をだす。私《わたし》も知っているとうなずいてみせた。知らなかったけれど。

「王様《おうさま》が山賊《さんぞく》だったことはごぞんじないでしょう」

パタリはいじわる気《げ》に私《わたし》をみる。私《わたし》はホーライを気にしながら、うなずいた。ホーライは、だまっている。うなずいてよかったらしい。

「王族《おうぞく》は王族同士《おうぞくどうし》で婚姻《こんいん》なさいますが、ここの王様《おうさま》はこの城《しろ》の姫君《ひめぎみ》をたぶらかして、この城《しろ》に入りこんだ成《な》り上《あ》がり者《もの》なのでございます。まあ、昔《むかし》から誰《だれ》も相手《あいて》にしない小国《しょうこく》のことですので、他《ほか》の国の王族《おうぞく》も見て見ぬふりをなさいました。ここは、ほとんど国とは認《みと》められておりませんのです」

私《わたし》は、クマだったらしい王冠《おうかん》をかぶった大男をみた。山賊《さんぞく》だったといわれれば、そうみえないわけでもない。

「そういわれてるだけさ。王様《おうさま》とお妃様《きさきさま》は仲《なか》のいい夫婦《ふうふ》だよ」

ホーライは、王様《おうさま》をかばうように口をだした。

「この城《しろ》の者《もの》たちは、山賊《さんぞく》だった野蛮《やばん》な血《ち》がさわぐのでしょうねぇ。狩《か》りにでた弓月《ゆみづき》の城《しろ》の一行が、おとなりの黒鉄《くろがね》の国の商団《しょうだん》を襲《おそ》ったそうでございます」

「盗賊《とうぞく》とまちがったんだよ」

ホーライがもういいだろうと、手をあげた。

「ううん。知りたい」

私《わたし》はパタリをうながした。ホーライが目をむいたのがわかったが、ずっとこんな城《しろ》といわれるのが気にかかっていた。一応《いちおう》、私《わたし》の城《しろ》のわけだもの。

「領民《りょうみん》なら大事《おおごと》にはなりませなんだが、狩《か》りの一行に弓月の王子がいらっしゃったもので、黒鉄《くろがね》の国は戦争《せんそう》をしかけられたのかと怒《おこ》りました。それで、弓月の城《しろ》は賠償金《ばいしょうきん》として金貨《きんか》十袋《ぶくろ》をさしだすことになったのでございます」

「兄上様《あにうえさま》ったら」

そうつぶやいてみた。お姫様《ひめさま》らしかったろうか。なんとなく、姫君《ひめぎみ》気分だ。

「そんな金ないね」

ホーライが肩《かた》をすくめる。

「はい。今ご主人様《しゅじんさま》が弓月の時を止めていることは、黒鉄《くろがね》の城《しろ》でもごぞんじでしょう。ですから、黙《だま》っておいでですが、呪《のろ》いがとけたとたん、賠償金《ばいしょうきん》を請求《せいきゅう》なさるでしょうね。それがないとなれば、面子《メンツ》にかけて攻《せ》めてくる。戦《たたか》いが始《はじ》まればこの国の民《たみ》も無事《ぶじ》ではすみますまい。領民《りょうみん》もほとんど国を捨《す》てて逃《に》げました。この城《しろ》は滅《ほろ》ぶ城《しろ》なのでございます」

なるほど逃《に》げたのかと、うなずいた。たった五百人ていどの国なのかと不思《ふし》議《ぎ》におもっていた。私《わたし》の家のあるマンションにだって百人以上《いじょう》住《す》んでいるはずだ。

「それでも、けものの呪《のろ》いをかけたんだ」

どうせ滅《ほろ》ぶ城《しろ》なら、そのままにしておいたらよかったのにとおもった。

「ご主人様《しゅじんさま》は、この城《しろ》をとても憎《にく》んでおいでなのです」

それはたしかなことだとパタリがうなずく。

「雪《ゆき》の角《つの》に何かした？　怒《おこ》らせるようなことをした？　仲間《なかま》はずれにしたとか？」

「それがわからないんだ。五年前に突然《とつぜん》呪《のろ》いをかけられて、びっくりってなもんだ。五年前まで雪の角とこの城《しろ》は何のかかわりもなかったんだから」

ずっと考えつづけていたことなのだろう。ホーライもほとほと困《こま》りはてたようにため息《いき》をつく。

「でも、五年前に何かあったんだ」

「五年前の今日でございましょうね。呪《のろ》いがゆるむのは呪《のろ》いをかけてからちょうど一年後でございますから」

「その日は王様《おうさま》の誕生日《たんじょうび》だった。最後《さいご》の誕生日《たんじょうび》だと覚悟《かくご》してたんだろうさ。残《のこ》っていた領民《りょうみん》たちも集《あつ》めて大がかりな狩《か》りをした。えものもたくさんあって、みんなで別《わか》れを惜《お》しんでた。そこへ突然《とつぜん》雪のかたまりといっしょに雪の角があらわれて、あたりをおそろしい目でみまわしていたんだ。それはおぼえてる。そしてさっと顔色をかえたとおもったら呪《のろ》いをかけた。あっというまだったよ」

ホーライは王様《おうさま》をみて、厚《あつ》い肩《かた》をすくめた。魔女《まじょ》の私《わたし》がいてもどうしようもなかったというようにだ。

「ここであおだこうだといっていてもはじまりません」

パタリが翼《つばさ》を動《うご》かした。

「ご主人様《しゅじんさま》に、一人《ひとり》多いとお知らせいたします」

パタリはひらりとまいあがって、それがいいとうなずくホーライの肩《かた》の上にとまってしまう。

「何するんだよ。おどきよ」

ホーライが手ではらおうとする。

「いっしょに行ってくださいまし。私一人《わたくしひとり》では、とてもこわくて帰れません。いっしょにいってくださらなければ、血《ち》を吸《す》います。私《わたくし》はこれでも吸血《きゅうけつ》コウモリでございますよ」

パタリがホーライの首すじにかみつこうとするように牙《きば》のある小さな口をあける。

「や、やめとくれよ。こわいったって、あんたのご主人様《しゅじんさま》だろうが！」

ホーライはパタリをふりはらおうと両手《りょうて》をふりまわすが、パタリはホーライの右の肩《かた》から左の肩《かた》とすばしっこく飛《と》びまわる。

「私《わたくし》めのご主人様《しゅじんさま》だからです。二人《ふたり》で行けば、ご主人様《しゅじんさま》のお怒《いか》りも半分になるかもしれません」

「やだよ。怒《いか》りが倍《ばい》になるってことだってあるだろ」

「いい機会《きかい》ではございませんか？　どうしてけものの呪《のろ》いなどかけたのか、直《ちょく》接《せっ》おききになったらいかがです」

「呪《のろ》いがとけても、どうせ滅《ほろ》ぶ城《しろ》だよ」

「このままでは、いずれみなさん、けものになってしまうのでございますよ。城付《しろづ》きの魔女様《まじょさま》として、なんともおもわないのでございますか」

「私《わたし》が行って、どうなるっていうんだ。どうにもなりゃしない」

「どうにかなるかもしれませんでしょう」

「なりゃしないって」

「行ってみなければわかりません」

「行かなくてもわかるよ」

「血《ち》を吸《す》いますよ」

「私《わたし》の血《ち》なんて、おいしくないって！　やめとくれ。何するんだい？」

ホーライの、「やめとくれ、何するんだい」は、ホーライの手をひっぱっている私《わたし》にどなったのだ。

私《わたし》は、ホーライの手をホールの出口とおもう方へひっぱっていた。

「血《ち》を吸《す》われるよりいいでしょ」

私《わたし》は雪の角に会った方がいいとおもっていた。何かわかるかもしれない。

「幼《おさな》い姫君《ひめぎみ》でさえ、そうおもいです」

ホーライは、裏切《うらぎ》り者《もの》というように私《わたし》をにらむ。それでも観念《かんねん》したのか、やっとのろのろと歩きだした。

「あんたはここにいな」

ホーライがそういったが、私《わたし》はいっしょに行くと、ホーライの手をはなさなかった。

けものと人間の間にいる人たちの中にたった一人残《ひとりのこ》されるのはいやだ。

「まったく」

ホーライは、あきれたように私《わたし》をみた。


人にもどりかけたり、けもののままだったりする人たちの間をぬうように進《すす》む。さっきよりもだいぶ人にもどってきている。でも口のあたりはまだ動物《どうぶつ》のままだ。言葉《ことば》はでない。人間の口にもどるのは最後《さいご》らしい。ウウッとうなるばかりだ。それに、まだおもうように動《うご》けないようだ。よつんばいから立ちあがるのがやっとだ。その人たちの間を進《すす》みながら、何かおかしなものをみたような気がした。あれっとおもったけど、ホーライに置《お》いていかれたら大変《たいへん》だ。私《わたし》は立ちどまらなかった。

家具《かぐ》も何もないホールの出口に、金縁《きんぶち》の額《がく》にはいった大きな絵が一枚《まい》だけかかっていた。その絵の前に青いドレスの女の子が立っていた。私《わたし》よりは大きい。その子がみあげているのは、この城《しろ》の家族《かぞく》の肖像画《しょうぞうが》だ。王冠《おうかん》をかぶった王《おう》様《さま》、やさしそうなお妃様《きさきさま》。そのまわりを子どもたちがとりかこんでいる絵だ。この人は、この絵の中に描《えが》かれた子どもたちの一人《ひとり》なのだろう。この城《しろ》の姫《ひめ》君《ぎみ》、私《わたし》の姉にあたる人だろうか。結《ゆ》い上《あ》げた黒い髪《かみ》にティアラをかざっている。かわいらしい人なのに、やはり口のあたりが動物《どうぶつ》の口のままだ。ひげもある。何に変《か》わっていたのだろう。私《わたし》の視線《しせん》を感《かん》じたのかその人と目があった。

私《わたし》をみてウウッとうなる。

「誰《だれ》？」

と、いったのかもしれない。こんな妹、いなかったとおもっているのだとおもう。

幸《しあわ》せな時の肖像画《しょうぞうが》をみていたその人のはしばみ色の瞳《ひとみ》は涙《なみだ》でぬれていた。

魔法《まほう》に驚《おどろ》いたり遊《あそ》び半分でお姫様《ひめさま》気分を味《あじ》わったりしていたが、初《はじ》めてこの城《しろ》の人たちが、かわいそうだとおもった。わけもわからずにけものにされたの

だ。ひどい！　とおもった。私《わたし》はその人にぺこんと頭をさげて、話せず動《うご》けないその人のそばを通りすぎた。頭を下げることしかできない自分がくやしかった。

6

雪《ゆき》の角《つの》の屋敷《やしき》

城《しろ》の外は雪がふっていた。ふりつもる雪は、城《しろ》へかけこんできたけものたちの足跡《あしあと》をもう消《け》していた。私《わたし》たちは、まっさらな雪の上へ足をふみだした。

どこへ行けばいいかは私《わたし》でもわかった。城《しろ》のそばに雪をつもらせた大きな木が一本だけゆらめいていた。その木にいきつくまでに、私《わたし》の布《ぬの》の靴《くつ》は雪でぬれていく。足がかじかんで感覚《かんかく》がなくなりそうだ。私《わたし》はとんでもない世界《せかい》にいるんだと、その冷《つめ》たさが実感《じっかん》させてくれた。

ゆらめく木の下に立つと、ホーライが、

「城《しろ》を外からみるのは五年ぶりだ」

と、ふりむいた。私《わたし》もふりむいた。

弓月《ゆみづき》の城《しろ》は、はりだした崖《がけ》の先端《せんたん》に建《た》っていた。三本の塔《とう》をもつ、雪をはりつけた白い城《しろ》は、おとぎ話の挿絵《さしえ》のようだ。

「どういうわけか大きな弓月が必《かなら》ず城《しろ》の真上《まうえ》にでる。弓月に城《しろ》がぶらさがっているようにみえるんだ。夢《ゆめ》のような景色《けしき》さ」

今は雪空で月など出ていない。それでもホーライは、その景色《けしき》がみえているように幸《しあわ》せそうにほほえんだ。ホーライは弓月の城《しろ》が好《す》きなのだ。

そのほほえむホーライがゆらゆらゆがみだす。魔法《まほう》で雪の角のところへ行くのだ。私《わたし》は、ホーライの手を強くにぎった。

ゆがんでいた目の前の景色《けしき》が、ゆっくりはっきりとみえてくる。

雪は強くなっていた。吹雪《ふぶき》になったようだ。でも、目の前にある景色《けしき》はさっきと同じだ。

「ご主人様《しゅじんさま》のお屋敷《やしき》でございます」

パタリはホーライの肩《かた》からやっとはなれた。

「弓月の城《しろ》じゃないか！」

ホーライもそうおもったらしい。

「似《に》ておりますが、ご主人様《しゅじんさま》のお屋敷《やしき》の塔《とう》は五本でございます」

ここからは三本にしかみえない。

「まるで城《しろ》じゃないか！　こんな屋敷《やしき》で暮《く》らす魔女《まじょ》がいたとはね。弓月の城《しろ》に来るまで私《わたし》の家は木のうろだったよ」

ホーライは驚《おどろ》いている。

「ご主人様《しゅじんさま》はかげで北《きた》の女帝《じょてい》とささやかれる大魔女様《だいまじょさま》でございますよ。魔法《まほう》をかける仕事《しごと》も大国《たいこく》の王族《おうぞく》しか相手《あいて》になさいません。みかえりの報酬《ほうしゅう》もけたちがいでございます。そこいらの小国より裕福《ゆうふく》でございましょうね」

パタリは、もう吹雪《ふぶき》の中へとびだしていた。

魔女《まじょ》は人間に頼《たの》まれて魔法《まほう》をかけてやるらしい。それが仕事《しごと》なのだ。ホーライへは誰《だれ》も頼《たの》んだりはしないんだろう。パタリが役《やく》たたずというのもわかる。

城《しろ》にやとわれていながら、おめおめとけものの呪《のろ》いなどかけられたわけだ。雪の角の屋敷《やしき》に驚《おどろ》いているホーライの背中《せなか》を、しっかりしなさいとドンとたたいてやりたくなった。

それなのにホーライは、どこまでも情《なさ》けない。ここまで来てしまったのに、

「なんてこったろ。こんなことになるなんてさ」

と、うんざりしたように吹雪《ふぶき》の中をいくパタリをみつめている。

「来てしまったんだし」

私《わたし》はホーライの手をひいて雪の中にふみこんだ。雪はひざまでもある。こぐように進《すす》む。ここは風が強い。その風に運《はこ》ばれる雪があたって顔や手が痛《いた》い。たくしあげたスカートも雪まみれだ。足の感覚《かんかく》はとっくになくなっていた。私《わたし》もホーライも、ただただ、この吹雪《ふぶき》から逃《のが》れることに必死《ひっし》になっていた。

吹雪《ふぶき》の中、パタリが屋敷《やしき》の細く開《ひら》いたとびらへ入っていくのがみえた。私《わたし》も

ホーライもそのすきまにとびこんでいた。とびらは、ひとりでに閉《し》まった。うすぐらい、あたたかい空間で私《わたし》たちはほっと息《いき》をついた。きっとたった十メートルほどあるいただけだろう。なのに、体中にまつげにまで雪がはりついている。感覚《かんかく》のなくなった手で雪をはらっていると、

「ただいま帰りましてございます」

とパタリが声をはりあげた。

ここは雪の角の屋敷《やしき》だ！　吹雪《ふぶき》からぬけだせてほっとしていた私《わたし》は、雪をはらう手をとめていた。

「おそかったのね」

という声がこたえた。遠くからきこえたようだったのに、よくひびく。雪の角の声。

ホーライがごくりとつばをのみこむ音がした。

広い部屋《へや》だとおもった。弓月の城《しろ》のホールのようだ。でも、私《わたし》たちの目の前

から奥《おく》のほうまで山のように何かがつみかさなっている。

「そ、その、でございますね。お客様《きゃくさま》をおつれしてしまって――」

私《わたし》たちの上をせわしなくとびながらパタリが口ごもる。

「客《きゃく》？　誰《だれ》？　弓月へ行ったのよね」

よくひびく声がいぶかしげになった。

「はい。弓月の城《しろ》の姫君《ひめぎみ》と魔女様《まじょさま》をおつれしました」

「何かあったの？」

「は、はい。それが――」

パタリがまた口ごもる。

返事《へんじ》はなかった。そのかわりゾゾッ、ゾゾッと音がしだした。

私《わたし》たちの目の前につみかさなったものが、音をたてて動《うご》きだした。両側《りょうがわ》の壁《かべ》へむかって物《もの》の山が真《ま》っ二《ぷた》つにわかれていく。私《わたし》の目の前を動《うご》いていくのは馬車だ。薄暗《うすぐら》い中でも金色なのだとわかった。一台や二台ではない。馬車ばかりではない。盾《たて》や剣《けん》、鎧《よろい》や兜《かぶと》、チェストやドレッサーやテーブルや彫刻《ちょうこく》や、そんなものがひとりでに壁《かべ》へと動《うご》いていく。

小さなものが床《ゆか》の上をぞろぞろとはっている。私《わたし》の足元だ。ゴキブリの大群《たいぐん》！

「ヒャー！」

私《わたし》は悲鳴《ひめい》をあげながら、かじかんだ足でとびあがった。

「お静《しず》かに！　ご主人様《しゅじんさま》はふせっておいでです。騒《さわ》がしいのはおきらいでございます」

パタリが目の前にとんできて、私《わたし》をにらむ。

「だ、だって――」

ゴキブリだよといおうとして、壁《かべ》ぎわに波《なみ》のように動《うご》いていくものが、ピカピカひかる金貨《きんか》だとわかった。その金貨《きんか》に宝石《ほうせき》をちりばめたネックレスやティアラや指輪《ゆびわ》もまじりだす。

「魔法《まほう》の報酬《ほうしゅう》ってことか。金色ばっかりとは、趣味《しゅみ》が悪《わる》いね」

ホーライが鼻《はな》をならした。

金ぴかの報酬《ほうしゅう》が壁《かべ》ぎわに移動《いどう》すると、私《わたし》たちの前に一本の通路《つうろ》ができていた。そのむこうはボーッと明るい。そこをめざしてパタリが進《すす》む。私《わたし》たちも壁《かべ》にはりついた馬車やテーブルがころがりおちてこないかとビクビクしながら後をおった。

通路《つうろ》にあたたかい空気がながれてくる。かじかんだ体がほどけていくようだ。ほどけすぎたのか、私《わたし》の鼻《はな》がムズムズしだした。くしゃみがでそうだと、鼻《はな》へ手をもっていきかけたのにおそかったらしい。

「ハークション」

まるでおじさんのくしゃみだ。かわいげなどみじんもない。

「私《わたし》の屋敷《やしき》でこんな下品《げひん》な音をきくなんて――」

きこえた声は冷《つめ》たい。ゆるみかけた私《わたし》の体は、またしんからふるえあがった。

真《ま》っ白《しろ》な部屋《へや》だ。敷物《しきもの》も毛足の長い大きな白い毛皮《けがわ》だ。真ん中《まなか》で燃《も》えているかまどのような丸い暖炉《だんろ》も白い石づみだ。大きなベッドがあり、何個《なんこ》もかさねたまくらにうもれている人がいた。パタリが雪の角はお体のぐあいがすぐれないといったのをおもいだした。

その人がやっとはっきりみえた。

「鬼《おに》！」

私《わたし》はギョッと立ちどまってしまった。ベッドにいる人に二本の角があるとおもった。

「私《わたくし》のご主人様《しゅじんさま》でございます」

パタリはそうベッドの方へとんでいき、

「ご主人様《しゅじんさま》。弓月の城《しろ》の姫君《ひめぎみ》と魔女様《まじょさま》でございます」

と、また私《わたし》たちの方へもどってきて、定位置《ていいち》だというようにホーライの肩《かた》にとまってしまう。パタリの黒い目がおちつかなげにキョトキョト動《うご》いている。しかられるとびくついている。

角とみえたのは、二つに結《ゆ》い上《あ》げた銀色《ぎんいろ》の髪《かみ》だ。片側《かたがわ》の角のとなりに鳥の羽のような髪《かみ》かざりをさしている。この人が魔女《まじょ》？　信《しん》じられなかった。ホーライも魔女《まじょ》だとはおもえなかったが、雪の角はまたちがう意味《いみ》で信《しん》じられない。白髪《しらが》のようだがおばあさんじゃない。細い形のいいまゆ、大きな青い瞳《ひとみ》、たかい鼻《はな》、血《ち》のけのないくちびる。人形みたいにととのった顔だ。寝《ね》ているせいだろうか、やつれているようだ。それでも白い寝間着《ねまき》のままでも雪の角はちかよりがたい人にみえた。女王様《じょおうさま》のようだった。

どうするんだっけ？　私《わたし》は忙《いそが》しく考えていた。姫君《ひめぎみ》というのは、どうあいさつするんだ？　スカートをもちあげて、片足《かたあし》を後ろへひいて、身《み》をかがめるんじゃなかったか？　私《わたし》はスカートへ手をのばしかけて、となりのホーライがただ立っていることに気がついた。あんな呪《のろ》いをかけた相手《あいて》にあいさつなどする

必要《ひつよう》はないのだ。私《わたし》はのばしかけた手をあわててひっこめた。

「どうして、役《やく》たたずの魔女《まじょ》や、男の子みたいなねぐせのままの姫《ひめ》などつれてくるの！　それにしてもなんて頭！　おしおきでもされたの？」

雪の角の形のいいまゆが私《わたし》たちをみてしかめられた。

この世界《せかい》の姫君《ひめぎみ》にショートカットはいないのだ。私《わたし》はびくつきながらも、そんなことをおもっていた。

「そ、その数があいませんで――」

パタリは、まるで何かをさけるようにホーライの肩《かた》の上で身《み》をふせた。雷《かみなり》でもとんでくるとおもっているようだ。

それをきいたとたん、まくらに身《み》をしずめていた雪の角が、あわてたように身《み》をおこした。大変《たいへん》！　といった感《かん》じにみえた。なのに、雪の角の口から出たのは、

「あ、あら、たったの五年でけものになりさがって自分の城《しろ》を忘《わす》れるなんて、いかにも弓月の城《しろ》の者《もの》よねぇ。あさましい」

どこかおもしろがっているような、そんな言葉《ことば》だった。

あさましいとはどういう意味《いみ》だ？　意味《いみ》がわからず、私《わたし》はとなりのホーライをみた。ホーライは両手《りょうて》のこぶしをにぎりしめて、くちびるをかんでいる。

あさましいとは、ばかにしたらしい。命《いのち》をもてあそぶような呪《のろ》いをかけておいて、その上まだばかにする。

「ひどい」

私《わたし》はつぶやいていた。

雪の角のつららのような視線《しせん》が私《わたし》につきささった。

「何に変《か》わってたの？」

まるでどこから来たの？　とでもきかれたようだった。何をきかれたのか、とっさにわからなかった。私《わたし》は弓月の姫《ひめ》だったとはっとした。ホーライにきいておいてよかったとほっとしたのに、名前がでてこない。

「ネズミみたいな」

ホーライはそう教えてくれた。おもいだした！

「ヤマネに」

そうだよねとホーライをチラリとみた。ホーライもほっとしたように小さくうなずいた。

「そう、かわいらしいこと。ヤマネ姫《ひめ》ね。えものになった気分はどう？」

雪の角はおもしろそうに私《わたし》をみる。

青いドレスのお姫様《ひめさま》のことをおもった。どんなに悲《かな》しくこわいことか。おもしろそうな雪の角がにくらしかった。白ずくめで、やさしげな人なのに、おなかのなかは真《ま》っ黒《くろ》だ。

「どうして、あんなひどい呪《のろ》いをかけるんですか？」

ろくに考えもせずにきいていた。ホーライが、ああ、やってしまったと顔をしかめた。きっと、キモが太いのをつれてくるんじゃなかったと後悔《こうかい》しているのだろう。

「ひどくなんかないわ。時も止めててよ。けものに変《か》わってしまっても動《うご》けないでしょう。ああ、あそこにおいしそうなヤマネがいるとおもっても、とびかかることはできなくてよ」

雪の角は、そこで少し考えこんだ。

「あら、いやだ。帰ってこないのは一人《ひとり》なんでしょうね。まさか二人《ふたり》足りないなんていわないでよ」

雪の角は、あっという顔になった。

私《わたし》たちやパタリが口をはさむひまもない。

「けものになってしまった誰《だれ》かが、帰る途中《とちゅう》の誰《だれ》かを食べたってこと？　まさか、こんなに早くけものになりさがるとはおもいもしなかった。ああ、それじゃ、ひどい呪《のろ》いといわれてもしょうがない」

勝手《かって》に勘違《かんちが》いをしたまま、雪の角は、血《ち》のけのうせた真面目《まじめ》な顔になった。

「パタリが数をたしかめに来るのは、逃《に》げだした者《もの》がいるかをさがすわけじゃないんだね。けものになって帰れなくなった者《もの》がいるかどうか知りたかったからか。一応《いちおう》、お互《たが》いを食いあったりはさせたくなかったってことだね?」

ホーライが、そうだったのかと雪の角をみる。

「ええ。私《わたし》だって、そんな残酷《ざんこく》なことさせようとはおもわなかったのよ。城《しろ》へ帰ってくるということは、まだ人間の気持《きも》ちを残《のこ》してるということだから。数が足りなくなったら、けものになってしまった者《もの》も城《しろ》の呪《のろ》いも、とくつもりだったわ」

雪の角は、すまなかったといようにうなだれた。

「あ、あの」

パタリが、いいかけるが、

「たぶん弓月の王よ。いっぱしの王様気取《おうさまきど》りでも元は山賊《さんぞく》だもの、野蛮《やばん》なんだわ。自分の領民《りょうみん》か家族《かぞく》を食べたのよ」

雪の角は、きっとそうだとうなずいている。

「王様《おうさま》はいた」

ホーライが首をふる。

「あ、その」

パタリがまたいいかける。

「それじゃ、有名《ゆうめい》な弓のつかい手でしょ。騎士《きし》のふりはしていても山賊《さんぞく》のままよ」

雪の角は、なんてことだとひたいをおさえる。

「ゾラ様《さま》もいた」

ホーライがまた首をふった。

「それじゃ誰《だれ》？」

雪の角は顔をあげて私《わたし》たちをみまわす。

7
えものの呪《のろ》い

「そ、それが、足りないのではなく、多いのでございます。五回数えなおしました。五百七人いらっしゃいます。お一人《ひとり》多いのでございます」

パタリはいってしまえ！　というように早口になった。そしてまた、ホーライの肩《かた》の上で身《み》をちぢめる。

「多い。どうして？」

雪《ゆき》の角《つの》はほっとしたようだったが、すぐ、まゆをよせてホーライをみる。

「私《わたし》にわかるはずない」

ホーライは、首をふってみせた。

雪の角も、そうね、あなたじゃね、というようにホーライから目をそらして天井《てんじょう》をみあげた。

「足りないわけじゃないもの」

ホーライは、増《ふ》えたんだからいいだろとつぶやいた。

「時を止めているのよ。他《ほか》の国からはいりこめるはずもないし。まさか、赤子が生まれた？」

「いいえ。赤子などおりませんでした」

パタリがすぐこたえる。

「なら、どうして？　他《ほか》の魔女《まじょ》たちが何かしかけた？」

「ま、まさか。そんなことできっこない」

ホーライが、三《み》つ編《あ》みの髪《かみ》をいきおいよくゆらして首をふる。

「気味《きみ》が悪《わる》いわ」

雪の角はつぶやいた。

「気味《きみ》が悪《わる》いって、あんな呪《のろ》いをかけるからだ」

私《わたし》は雪の角をにらんだ。

けものの呪《のろ》いなど、互《たが》いを食べあうかもしれない恐《おそ》ろしい呪《のろ》いをかける雪の角の方がよほど気味《きみ》が悪《わる》い。やさしげな人にみえるから、ますますそうおもう。

「弓月《ゆみづき》の城《しろ》だって、狩《か》られる恐《おそ》ろしさを味《あじ》わうべきだわ。えものになる気分を味《あじ》わえばいいのよ。ゆるしてなんてやるもんですか！」

雪の角の青い瞳《ひとみ》がメラッともえあがった。

「何かしたんだ」

「ああ、何をしたんだろ？」

私《わたし》とホーライがお互《たが》いの顔をみた。

「自分たちが何をしたのかもおぼえていない！」

雪の角の白いほほにさっと血《ち》がのぼった。怒《いか》りをおさえるように、両手《りょうて》でうわがけをにぎりしめてふるえている。

「何かしたんなら、あやまります。何をしたのか教えてください。わけもわからずに、あんな呪《のろ》いをかけられるのはあんまりです」

私《わたし》はふるえている雪の角にちかづいてそういった。

雪の角はくちびるをかむばかりで、こたえようともしない。

「これじゃどうしようもない。帰ろう」

ホーライがあきらめたように肩《かた》をおとした。

「このままでいいの？　また、みんなけものにもどるんでしょ」

「ああ、一人《ひとり》増《ふ》えたわけのわかんないものもいっしょにね」

ホーライはふりむいてあるきだす。

私《わたし》はもう一度《いちど》雪の角をみた。雪の角は、ホーライや私《わたし》をみたくもないと目をそらす。

せっかくここまで来たのにと私《わたし》はくちびるをかんだ。でも、私《わたし》は家へ帰してもらえるだろうし、パタリも命《いのち》にかかわることはなさそうだ。ただただ弓月の城《しろ》のみんなが、あわれだった。青いドレスのお姫様《ひめさま》がかわいそうだった。私《わたし》は何もできなかった。役《やく》たたずらしいとホーライをばかにしていたが、私《わたし》だって同じだ。

「やっぱり、王様《おうさま》の誕生日《たんじょうび》に何かしたんだ」

それだけはたしかだと、ホーライと肩《かた》をならべた。

「だから、狩《か》りをして、えものがたくさんあって――」

後ろでギリッ！　と歯《は》をくいしばる音がした。ふりむくと雪の角がにくにくしげに私《わたし》たちをにらんでいる。ホーライがえものといったせいのような気がした。

「えものだ！　私《わたし》にえものになる気分はどう？　ってきいた。弓月の城《しろ》もえものになる気分を味《あじ》わえばいいいんだっていってた！」

私《わたし》はホーライのうでをつかんだ。

「雪の角をえものにしたわけじゃないよ」

「だから、雪の角の大事《だいじ》な家族《かぞく》とか、ペットとか？」

といって、ペットの意味《いみ》がわからないかと、

「雪の角って、なんか飼《か》ってなかった？」

ホーライの肩《かた》の上のパタリをみた。

「ご主人様《しゅじんさま》は、ずっとお一人《ひとり》でいらしたのだとおもいます。たまにおつかいま
といっしょに暮《く》らした時期《じき》もあったでしょうが――」

「大事《だいじ》におもうものは、それじゃおつかいまか――」

「みんな逃《に》げたっていったろ」

ホーライが横目《よこめ》で、自分の肩《かた》の上のパタリにきく。

「いいえ。私《わたし》の前のおつかいまのことは、行方不明《ゆくえふめい》だとおっしゃってます」

パタリはホーライの肩《かた》から私《わたし》たちの目の前へととんでくる。

「どんな動物《どうぶつ》だったのかな？　おつかいまって、けものがなるの？」

「いいや。その魔女《まじょ》の好《す》き好《ず》きだね。鳥もいればへびもいる。パタリだってけ
ものじゃない――。あら、けものかね？　鳥かね？　あんた、けものなの？」

ホーライが今さらのようにパタリをみる。パタリも自分のことなのに、こたえられずに大きな丸い目をきょときょとさせる。

「もう!」

私《わたし》はかじかんだ足をふみならした。今、パタリがけものかどうかなんてどうでもいい。私《わたし》はのんきな二人《ふたり》にいらついた。

「どんな動物《どうぶつ》をおつかいまにしたの?」

「めずらしいものだったようでございますよ。他《ほか》の世界《せかい》からとりよせたとか」

「ふん。この世界《せかい》じゃ雪の角のおつかいまになど、なりてがなかったからだろ。あんたはよくつとまってるよ。おつかいまの鏡《かがみ》だね」

ホーライがパタリをほめる。

「いえ、そんな、鏡《かがみ》だなどと」

と、パタリはけんそんしている。

「もう!」

のんきなんだから！　と私《わたし》はホーライたちをにらんだ。

何かわかりそうだった。パタリの前におつかいまがいた。五年前に行方不明《ゆくえふめい》になった。同じ五年前に、弓月の城《しろ》で狩《か》りをして、えものがたくさんあった。そして、けものの呪《のろ》いをかけられた。けものの呪《のろ》いといっているけど、えものの呪《のろ》いじゃないだろうか。雪の角は、えものという言葉《ことば》にこだわっている。私《わたし》は恐《おそ》ろしいことに気がついた。

「食べたんだ」

声がかすれた。

「何を？」

ホーライとパタリが私《わたし》をみた。

「雪の角のおつかいまをえものにして食べたんじゃない」

ささやくようにしか声がでない。

「なるほどね。食っちまったわけね。えーっ！」

ホーライがうなずきかけて、悲鳴《ひめい》をあげた。

「う、る、さ、い！」

雪の角が初《はじ》めて大きな声をだした。ホーライもパタリもちぢみあがった。

私《わたし》は雪の角のベッドのそばへかけよっていた。

「弓月の城《しろ》で、あなたのおつかいまを食べたんですね」

雪の角は、何もいわなかったが、髪《かみ》にさした羽に手をのばしかけてやめた。

白一色のこの部屋《へや》にたった一色ある茶色のまだらの羽。髪《かみ》を角に結《ゆ》い上《あ》げているから目立たないが、角がなければインディアンの女の子のようだろう。あれは鳥の羽だ。

「五年前の狩《か》りのえものに鳥はいた？」

「ああ、よく太った――」

ホーライがいいかけると、雪の角はまたギリッと歯《は》をくいしばる。

「ウズラがたくさんあった。まだ早いがカモもあった」

「めずらしい鳥はいなかった?」

「食べなれたものばかりだったよ」

「うそ! 食べたのよ! 私《わたし》の――、私《わたし》の――」

雪の角は、くやしげにくちびるをかむ。どうしても、なんという鳥だったのかいおうとはしない。

「鳥は私《わたし》が料理《りょうり》した。私《わたし》は魔法《まほう》のうではたいしたことはないが、料理《りょうり》は、そこいらの城《しろ》の料理番《りょうりばん》に負《ま》けやしない。ゾラ様《さま》は、私《わたし》のウズラ料理《りょうり》が大好《だいす》きなんだ」

ホーライは幸《しあわ》せそうにほほえんだ。

「魔女《まじょ》が料理《りょうり》など! 人間のまねをするとは情《なさ》けない」

雪の角のきつい言葉《ことば》に、ホーライはうなだれた。

ホーライは得意《とくい》な魔法《まほう》がないといった。魔法《まほう》じゃなくても得意《とくい》なことがあれば、それでいいじゃないかといってやりたかった。でも、私《わたし》の頭の中は、なにかわかりそうだともやもやしていた。

「おつかいまを食べられたとおもって呪《のろ》いをかけたんですね」

「しかえしよ」

あたりまえだろうと、雪の角はうなずく。

「でも、弓月の城《しろ》では食べていない。そして一人《ひとり》増《ふ》えてる」

頭の中のもやもやが突然《とつぜん》さっとはれた。

わかった！

「増《ふ》えたのはそのおつかいまじゃない？」

私《わたし》はさけんでいた。

「どうしてかわかんないけど、きっとそうだ」

「そうだろうか？　それならいいが――」

ホーライは、まさかと信《しん》じられない様子《ようす》だ。

「いいえ。よくはございません」

パタリが首をふった。

「弓月の城《しろ》で今呪《のろ》いがゆるんでおります。みなさん、そろそろ人の姿《すがた》にきちんともどりの頃《ころ》でございます。その中に一羽だけ鳥がいます」

「あー、みんな腹《はら》をへらしてる。今度《こんど》こそ捕《つか》まえて食べようとするかも――」

ホーライがいいおわる前に、雪

の角がベッドからとびおりていた。そして、私《わたし》たちの目の前をまゆをつりあげ寝間着《ねまき》のすそをたくしあげてかけぬけていく。

「ご主人様《しゅじんさま》、ご主人様《しゅじんさま》、どうなさったのです！」

パタリがあんぐり口をあけた。

「弓月へ行くんだ」

私《わたし》もスカートをたくしあげて後をおう。ホーライもドタドタかけだす。

「ご主人様《しゅじんさま》、そんなおめしもので、はだしでございます！」

パタリもさけびながら後をおう。

雪の角はもう屋敷《やしき》から吹雪《ふぶき》の中へとびだしていた。

「おまちください。ご主人様《しゅじんさま》！」

パタリが声のかぎりにさけぶ。

ゆらぐ木の下にもう雪の角の姿《すがた》はない。雪の原の上に雪の角の足跡《あしあと》だけが残《のこ》っていた。

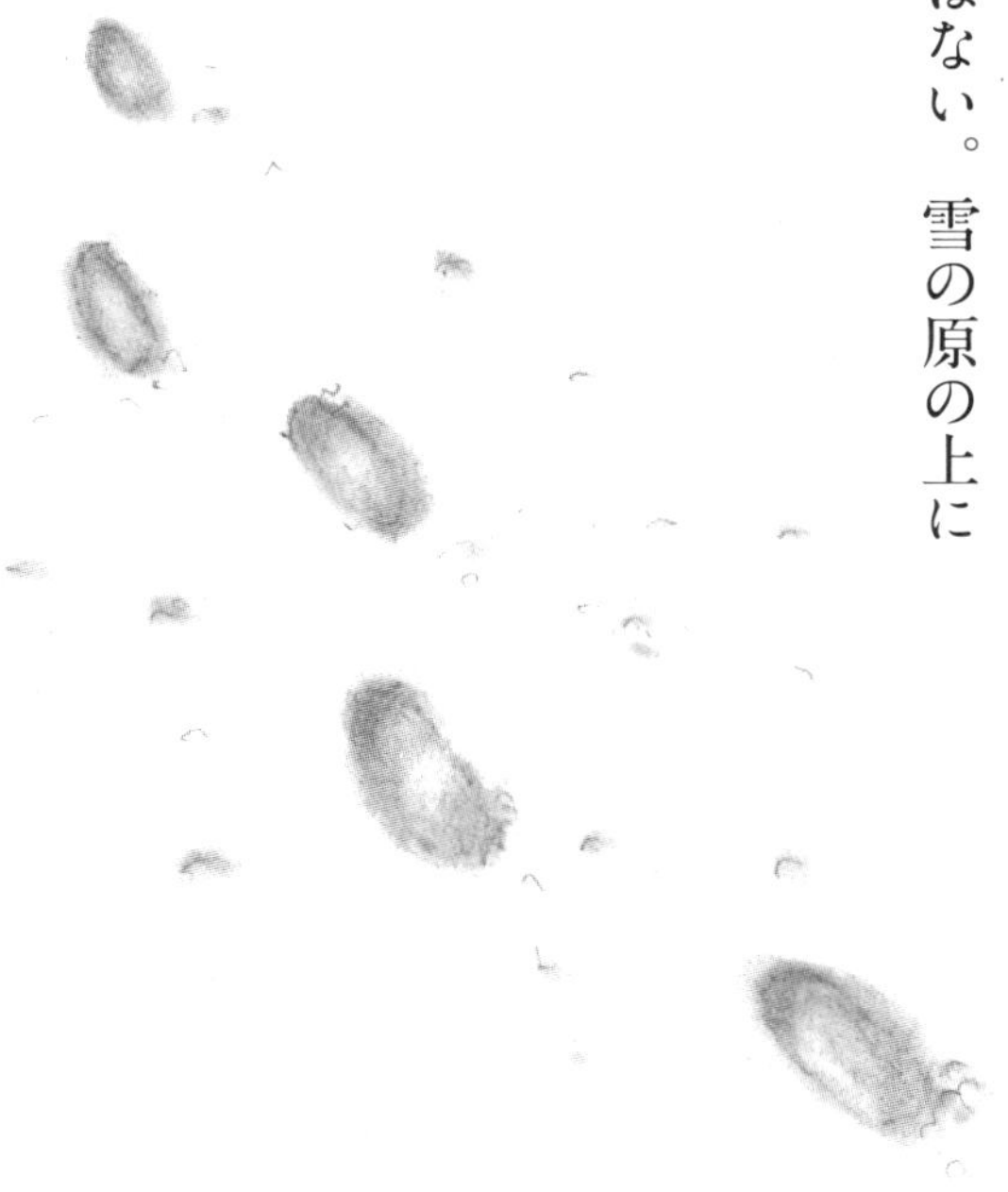

8

雪《ゆき》の角《つの》のドッテちゃん

「ご主人様《しゅじんさま》！」

パタリは、もどってきた弓月《ゆみづき》の城《しろ》へとびこんでいく。

ホールへかけこむと、がやがやとざわめく弓月の城《しろ》の人たちの間を、寝間着《ねまき》のままの雪の角が、

「ドッテちゃん、私《わたし》のドッテちゃん」

と呼《よ》びながらさがしまわっていた。

もうすっかり人間にもどった弓月の城《しろ》の人たちは、

「雪《ゆき》の角《つの》よ」

「雪の角が何をしに来た」

と、いぶかりながらこわがってあちこちで何人かのかたまりになっている。

私《わたし》とホーライは、さがしまわる雪の角をみながら、あんぐり口をあけていた。

雪の中をはだしで走った雪の角にも驚《おどろ》いたが、

「私《わたし》のドッテちゃん」

と呼《よ》ぶ甘《あま》ったるい声にもっと驚《おどろ》いた。

「いない。ドッテちゃんはいないない」

雪の角が髪《かみ》をふりみだし、よろよろと私《わたし》たちのところへもどってくる。そして、もう歩けないというように床《ゆか》へへたりこんでしまった。

私《わたし》もざっとみわたしてみたが、鳥の姿《すがた》はない。

「どうしていないの？　ヤマネ姫《ひめ》のいうとおりかもしれないとおもったのに。やっと、私《わたし》と喜《よろこ》んでくらしてくれる者《もの》がみつかったとおもったわ。他《ほか》の世界《せかい》からつれてきたのよ。ドッテちゃんも、私《わたし》のことを好《す》きだとおもってた。なのに、帰ってこなくて。また、逃《に》げられたのかともおもったけど、ドッテちゃんが私《わたし》を捨《す》てていくなんて信《しん》じたくなかった」

雪の角はぐずぐずと泣《な》きながらなんとかそういった。

「ご主人様《しゅじんさま》がお泣《な》きになるなど――」

パタリの丸い目はとびだしそうだ。

「さみしかったんだね」

私《わたし》は泣《な》きくずれる雪の角に少し同情《どうじょう》した。

「さみしくて他《ほか》の世界《せかい》からおつかいまをつれてきたなんて、誰《だれ》にも知られたくなかったってわけか」

ホーライは、素直《すなお》じゃないねぇと、フンと鼻《はな》をならす。

「まさか、今度《こんど》こそ食べたわけじゃないでしょうね」

雪の角が、なきはらした赤い目であたりをみる。

料理《りょうり》をした気配《けはい》はない。私《わたし》もホーライもいきおいよく首をふった。

「みなれない鳥いませんでしたか？　めずらしい鳥」

私《わたし》は、弓月の城《しろ》の人たちをふりむいていった。もう身代《みが》わりだって知られてもいいとおもっていた。

弓月の城《しろ》の人たちはこそこそささやきあいだす。

「見たわ」

青いドレスのお姫様《ひめさま》がすすみでた。

「大きなみにくい鳥でしょ」

みにくい鳥といわれて、雪の角のまゆがつりあがった。青いドレスのお姫様《ひめさま》につかみかかろうとするように手をのばしかけた。みだれた髪《かみ》からかざっていた羽がふわりと床《ゆか》におちる。

「そんな尾羽《おばね》だった。びくびくして動《うご》けなかったみたいだったけど、さっき、『ここじゃなかった。ここじゃなかった』っていいながら、城《しろ》を出ていったわ。飛《と》べないのかしら、あるいてた」

青いドレスのお姫様《ひめさま》が城《しろ》の玄関《げんかん》を指《ゆび》さした。

雪の角ははねるように立ちあがると、城《しろ》をとびだしていく。

「ご主人様《しゅじんさま》。おちついて。そんなにあわてていては、みつかるものもみつかりません」

パタリがおっていく。

「あーあ、大変《たいへん》だ！　せっかくみつかったとおもったのに、この雪の中、森をさがしまわるわけか」

ホーライがあらあらと顔をしかめる。

「手伝《てつだ》ってあげないの？」

いっしょにいくのかとおもっていた。

「大魔女様《だいまじょさま》だよ。私《わたし》の出る幕《まく》じゃないさ」

ホーライは、やれやれというように肩《かた》をすくめる。

「もしかすると、けものの呪《のろ》いはとけるかもしれないよ。ヤマネ姫《ひめ》のおかげだね」

ホーライまで、私《わたし》をヤマネ姫《ひめ》と呼《よ》んで、にこにこしている。

私《わたし》は、雪の角が気になっていた。大魔女《だいまじょ》かもしれないが、今の雪の角は、大《だい》事《じ》な子どもをさがしまわる普《ふ》通《つう》のお母さんみたいだ。手伝《てつだ》ってあげようよとい

おうとした時、

「ご主人様《しゅじんさま》とはぐれてしまいました。姿《すがた》がみえません」

雪まみれになったパタリがあわててもどってきた。

「雪の角だよ。心配《しんぱい》しなくても大丈夫《だいじょうぶ》だろ」

「大丈夫《だいじょうぶ》じゃない！　ドッテちゃんをみつけるのに夢中《むちゅう》で、魔法《まほう》のことなんて忘《わす》れてる」

私《わたし》はホーライの手をつかんだ。

「ヤマネ姫《ひめ》のおっしゃるとおりでございます。いつものご主人様《しゅじんさま》ではございません。ホーキをもってくるどころか、雪をやませることさえお忘《わす》れです」

パタリが、おろおろと城《しろ》の外へむかいかけ、またもどってくる。

「手伝《てつだ》ってあげよう」

私《わたし》はつかんだホーライの手をひっぱっていた。

「私《わたし》が雪の角の役《やく》にたつはずないだろ」

ホーライはまだしりごみをする。

「私一人《わたくしひとり》では、どうしようもございません。お願《ねが》いいたします。それとも、血《ち》を吸《す》ってさしあげましょうか？」

パタリがホーライの肩《かた》の上にとまってしまう。

「なんてこと。雪の角があんなおっちょこちょいとはおもいもしなかったよ」

やっとホーライが動《うご》きだした。

9
ホーライ、ガンバル！

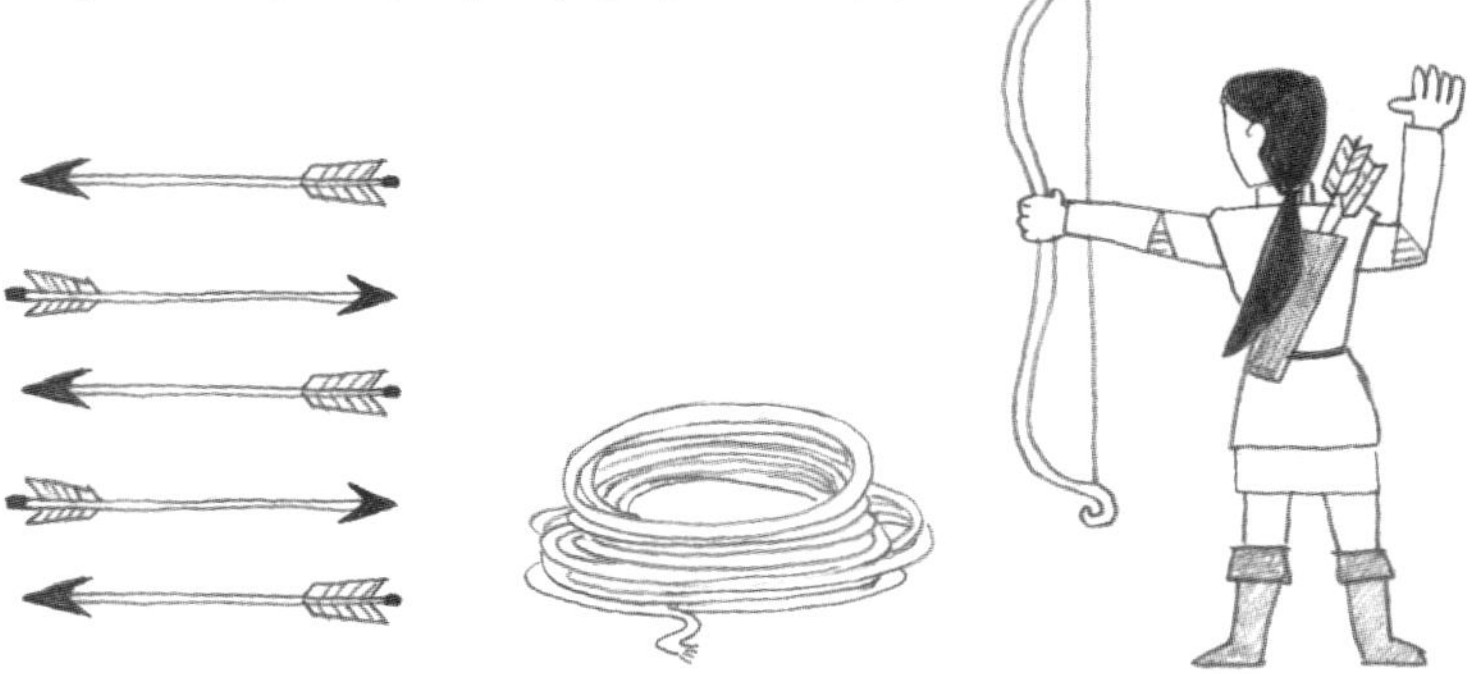

私《わたし》たちが城《しろ》からかけだしたとたん、雪がぴたりとやむ。うそのように真《ま》っ青《さお》な空がひろがった。

「雪の角の分別《ふんべつ》がやっともどったようだね。妙《みょう》にあたたかいじゃないか。こんなんじゃ、なだれの心配《しんぱい》をしなきゃいけなくなるよ」

ホーライが空をみあげて、毛虫まゆをよせた。

「たしか、こっちへ、このあたりでご主人様《しゅじんさま》をみうしなってしまって――」

パタリが森とは反対《はんたい》へむかう。

「そっちは崖《がけ》だよ！」

ホーライの足もはやくなった。

「あっ、ご主人様《しゅじんさま》！」

パタリがとんでいく。私《わたし》も後をおおうとして、

「だめだよ。この先は雪庇《せっぴ》だ！　崖《がけ》にせりだした雪のかたまりだよ」

ホーライにグイッとひきもどされて、私《わたし》はしりもちをついていた。

崖《がけ》のふちに大きな波《なみ》のように雪のかたまりがせりだしているのだという。私《わたし》のいる所《ところ》からみたら小さめな崖《がけ》にしかみえない。その先端《せんたん》に雪の角がいた。下をのぞきこんで、

「ドッテちゃーん」

と、呼《よ》んでいる。

その下の方から、何か返事《へんじ》のようなものが私《わたし》たちにまできこえてくる。

おつかいまをみつけたらしい。私《わたし》はよかったとほっとしたが、ホーライは何やら心配《しんぱい》げに毛虫まゆをよせたままだ。

雪の角は何か魔法《まほう》をかけようとした。大きく両《りょう》うでをひろげて青い空をみあげる。

なんてきれいなんだろう。私《わたし》はうっとりしてしまった。

雲一つないどこまでもすっきりとはれあがった青い空。白い波《なみ》の上に立つ白ずくめの美《うつく》しい人。私《わたし》はこの光景《こうけい》を忘《わす》れないだろうとおもった時、雪の角が立っていた雪の波《なみ》が半分からガクリとおれた。

「あーっ」

悲鳴《ひめい》をひびかせながら雪の角の姿《すがた》は消《き》えた。

「ご主人様《しゅじんさま》」

パタリは後をおうように崖《がけ》の下へとんでいく。

「こっち、ここからなら下をのぞいても大丈夫《だいじょうぶ》だ」

ホーライが、雪の角がおちたところから、少しはなれた崖《がけ》のふちへよっていく。

ずっと下の雪の斜面《しゃめん》に茶色のかたまりとそれにおおいかぶさった雪の角がみえた。

「ご主人様《しゅじんさま》の返事《へんじ》がございません。気を失《うしな》っておいでです」

下へとんでいったパタリが、パタパタとではなく、つばめのようにまっすぐに超特急《ちょうとっきゅう》でとんでくる。

「ご主人様《しゅじんさま》をお助《たす》けください」

パタリがそうさけんだ時、雪山の上の方からゴーッという不気味《ぶきみ》な音がしはじめた。

「どうした。誰《だれ》かおちたのか!」

ききなれない声がした。すぐ後ろに弓をせおって毛皮《けがわ》のベストをきた男の人が息《いき》をきらしてちかよってきていた。

「ゾラ様《さま》」

ホーライがふりかえった。

「なだれの音だ。ここはまきこまれまいが――。崖《がけ》の下をなだれがいくぞ」

ゾラとよばれたひげづらのけわしい目の大きな男も下をのぞきこむ。

「なんとかしてくださいまし」

パタリがおろおろとさけびつづける。

「魔法《まほう》でなんとかできないの！　魔女《まじょ》でしょ」

私《わたし》もホーライのうでをつかんで、ぐいぐいひっぱっていた。

「ど、どうしろっていうのさ」

ホーライも青い顔で地鳴《じな》りのような音をひびかせる山の上の方と、ピクリとも動《うご》かない雪の角たちをみくらべている。

「崖《がけ》をおりていては、わしらまでなだれにまきこまれてしまう」

ゾラがうーんとうなる。

「魔法《まほう》でここへもどせないの？　瞬間移動《しゅんかんいどう》とかできない？　そうだ、なだれを消《け》してしまえばいい」

「雪の角ならできたろうが、私《わたし》には無理《むり》だよ」

ホーライは首をふる。

「ロープでつりあげるとか──」

テレビのニュースでヘリコプターで救助《きゅうじょ》されている人をみたことがある。

「少しの間なら、私《わたし》の魔法《まほう》でも、なだれを止めることはできるかもしれない。ここで止めるのは無理《むり》だ。あそこまで降《お》りればなんとかなる。その間に雪の角たちを引き上げれば──」

ホーライが、自信《じしん》なげにつぶやいた。つぶやき終《お》わるより先に、

「わかった。魔女殿《まじょどの》のホーキとロープだな」

ゾラは城《しろ》へかけもどっていった。


むかいの山の斜面《しゃめん》に雪けむりがみえた。その後を白い壁《かべ》になって雪のかたまりがすべりおりてくる。

ゾラがホーキやロープをにぎってかけもどってくるまで何時間もたったような気がした。

「なだれは、なんとか止める。その間に雪の角たちをロープでくる者《もの》がいる」

ホーライがホーキにまたがった。ホーライのホーキはそう大きいものではない。ゾラではいっしょにいけない。

何も考えずに、私《わたし》はホーライの後ろにまたがっていた。

ホーキはすぐとびあがって、雪の角めざして急降下《きゅうこうか》する。風を体中にうけて初《はじ》めてこわい！　とホーライの背中《せなか》にしがみついた。そして、ロープをにぎってこなかったことに気がついて真《ま》っ青《さお》になった。

ホーキはもう、雪の角のそばにおりたっていた。

ホーライはせまってくる雪の壁《かべ》へむかって両《りょう》うでをさしあげて立ちはだかった。なだれは、ピタリと止まる。

「どうしよう！」

なだれを止めたのにロープがない。

「はやくして！　少しの間だけだっていったよ」

ホーライが頭だけふりかえる。

その時、矢がとんできて私《わたし》の足元につきささった。矢にロープがまきついていた。ゾラが矢を射《い》てくれたのだ。

かじかむ手で、雪の角たちをほどけないようにロープにくくりつける。こんなことをしたことがない。自分でももたついているのがわかる。

「まだかい？　そろそろもたないよ」

「できた！」

私《わたし》はできるかぎりの大声で叫《さけ》んだ。

ロープがピンとはった。雪の角たちがゆっくり動《うご》き出す。

ホーライの魔法《まほう》も時間切れだったらしい。目の前にそそりたっていた壁《かべ》がほろほろとくずれだしたかとおもったら、ゴーと音をたてて、私《わたし》たちの両脇《りょうわき》を雪の壁《かべ》が恐《おそ》ろしい速《はや》さでながれだした。

私《わたし》たちがいる所《ところ》だけが、細いきれめのように雪がさけてながれていく。

「帰るよ」

私《わたし》はあわててホーライの後ろにまたとびのった。私《わたし》たちがうきあがるとすぐ、私《わたし》たちがいた雪のきれめも雪にのみこまれた。


崖《がけ》の上で弓月の城《しろ》の人たちが、雪の角をくりつけたロープをひいていた。私《わたし》たちがみんなのところへもどると、

「おお、魔女様《まじょさま》、役《やく》たたずなどともうし上げて、もうしわけありません。ありがとうございました。ご立派《りっぱ》な魔女様《まじょさま》でございます」

パタリがおいおいと泣《な》きながら、ホーライの肩《かた》の上にとまった。

「魔女殿《まじょどの》、おてがらでしたな」

ゾラが顔中をほころばせた。笑《わら》うとけわしいとおもった目がやさしくなった。

「よく、あんなことができたもんだと――」

そういいかけてホーライはよろりとよろめいた。

「魔女殿《まじょどの》！」

ゾラにささえてもらったホーライが真《ま》っ赤《か》になっている。

私《わたし》も、よくあんなことができたとボーッとしていた。私《わたし》のほほに誰《だれ》かの手がさわった。

「こわかったでしょ。えらかったわ。勇気《ゆうき》があるのね」

青いドレスの姫君《ひめぎみ》が私《わたし》のほほの涙《なみだ》をぬぐってくれていた。

私《わたし》は泣《な》いていた。おさえるひまもなく出る涙《なみだ》もあるんだ。恥《は》ずかしくなんかなかった。こわかったとうなずいたら、涙《なみだ》があふれた。素直《すなお》に泣《な》くのって気持《きも》ちがいいとおもった。そんな私《わたし》を
「大変《たいへん》なめにあわせちまったね」

と、ホーライがだきしめてくれた。

10

魔女《まじょ》の相棒《あいぼう》

つりあげられて崖《がけ》の上にもどった雪の角たちも気がついた。

雪の角がなめまわすようにかわいがっている鳥は、七面鳥《しちめんちょう》じゃないかとおもう。弓月の城《しろ》の人たちは、みたこともない鳥に驚《おどろ》いている。

私《わたし》は、七面鳥《しちめんちょう》をみたことをおもいだした。雪の角の屋敷《やしき》へ行く時、おかしなものをみたとおもったのだ。いそいでいたので立ちどまらなかった。

扇《おうぎ》のように広がった尾羽《おばね》は茶色のまだら模様《もよう》だ。首のところに真《ま》っ赤《か》な袋《ふくろ》がたれさがってい る。ぎょろぎょろした大きな目で、私《わたし》より少し小さいだけのどってりした鳥だ。私《わたし》には、とてもかわいくなんかみえない。青いドレスの姫君《ひめぎみ》も、みにくい鳥といっていた。

そんな七面鳥《しちめんちょう》が雪の角には、かわいくてしょうがないらしい。

「趣味《しゅみ》は悪《わる》いね」

ホーライも、なんであれ？　と、あきれたようにつぶやいた。


「おつかいの途中《とちゅう》で道に迷《まよ》ったの。やっと遠くにお家《うち》がみえたんだよ。でも、こわい人間ががやがや来て、逃《に》げようとして穴《あな》におっこちたの。なんとかはいあがって、ぼくちょっとしか飛《と》べないから。森の中を歩くの大変《たいへん》だったの」

「ドッテちゃん、がんばったわ。えらかったわ」

雪の角は、涙《なみだ》ながらにうなずいている。

雪の角の屋敷《やしき》と弓月の城《しろ》をみまちがったらしい。呪《のろ》いのゆるむ一年に一日だけ森の中を城《しろ》めざしてよたよたあるいていたというわけだ。ここまで来るのに五年かけたのかと私《わたし》はドッテちゃんに同情《どうじょう》しながら、少し笑《わら》いたくもなった。

雪の角とドッテちゃんは真剣《しんけん》だ。

「今日やっとお家に帰ったとおもったら、人間みたいな動物《どうぶつ》みたいなものがたくさんいたの。こわかったよ。お家《うち》じゃないってわかって、かなしくて」

ドッテちゃんは泣《な》きながら、とぎれとぎれに雪の角にうったえる。

「かわいそうに。泣《な》かなくていいのよ」

雪の角はドッテちゃんをだきしめた。

ひとしきり、こわかった、いいのよをくりかえして、雪の角はやっと、弓月の城《しろ》のみんなにあやまった。

「ドッテちゃんをさがしまわって、弓月の城《しろ》へきたら、ドッテちゃんの尾羽《おばね》をみつけて」

「ああ。わしが森でひろった。みかけない羽だが、矢羽《やばね》にしてみようとひろってきたのに、城《しろ》のどこかへ落《お》としたんだ」

ゾラが、ドッテちゃんの尾羽《おばね》をみた。

「てっきり食べられたとおもいこんで――」

「ご主人様《しゅじんさま》は、はやとちりでいらっしゃるので」

パタリがやれやれと口をだす。

「本当にごめんなさい。呪《のろ》いをかけたりして。どうやっておわびをしたらいいかわからないわ。その上、命《いのち》まで助《たす》けてもらって――」

すっかりしょげかえっているが、雪の角は幸《しあわ》せそうだ。

おわびになんでもするというが、弓月の城《しろ》の王様《おうさま》は、困《こま》っている人を助《たす》けるのはあたりまえだ、けものの呪《のろ》いをといてくれたらそれでいい、という。一国《いっこく》の王として威厳《いげん》をみせたいらしい。国として認《みと》めてもらおうと必死《ひっし》だとホーライがいっていた。そんなことより、生《い》き残《のこ》る方が大事《だいじ》じゃないか！　私《わたし》は腹《はら》がたった。こんなだから、こんな城《しろ》とかってばかにされるんだ。呪《のろ》いがとけても、となりの国に攻《せ》めこまれる運命《うんめい》のはずだ。金貨《きんか》がいる。お金のことをもちだすのは恥《は》ずかしいのだろうか。城《しろ》の人たちも、そんな王様《おうさま》をみて何かいいたげに困《こま》った顔をしている。

「お礼《れい》をいただいてください」

とはいえないらしい。

「お礼《れい》は、金貨《きんか》十袋、ううん三十袋《ぶくろ》にしてください」

私《わたし》は、貧《まず》しい国だといったことをおもいだして、いいなおした。

弓月の城《しろ》の人たちが、こいつは誰《だれ》だという目で私《わたし》をみる。しまったと、私《わたし》はホーライの背中《せなか》にかくれた。でも、雪の角を助《たす》けられたのは私《わたし》とホーライがいたからだ。私《わたし》は、ホーライの背中《せなか》をつついた。

「そ、そうだね。五十袋《ぶくろ》にしてもらおうか」

ホーライが値《ね》をつりあげる。

弓月の城《しろ》の人たちの顔がうれしそうになった。王様《おうさま》はむっとしかけたが、青いドレスの姫君《ひめぎみ》に何かいわれてだまった。

雪の角は、そんなことですむならとすぐうなずく。

「もしこの城《しろ》で困《こま》ったことができて、この魔女《まじょ》ではなんともならない時は助《たす》けてやって」

私《わたし》は、ホーライの背中《せなか》から顔だけだして頼《たの》んだ。

雪の角はそれにもうなずいてくれた。

弓月の城《しろ》は、このままなんとかやっていけそうだ。

これから、王様《おうさま》の誕生日《たんじょうび》を祝《いわ》うという。うきたつ人たちの中でパタリだけがさびしそうだ。

「そうか。おつかいまの仕事《しごと》がなくなるわけか」

私《わたし》は雪の角とドッテちゃんをみた。

「私《わたし》のおつかいまになる？　でもパタリは、雪の角が好《す》きなんだろ」

ホーライが、ドッテちゃんをだきしめる雪の角にあごをしゃくる。

「好《す》きだなどと――」

パタリが首をふる。

「あんたは、雪の角のことをよくわかってるよ。冷《つめ》たくはないし、はやとちりのおっちょこちょいだって。好《す》きだからわかるのさ。だからそばにいるんだろ」

パタリは、大きな目をふせた。

「雪の角だって、あんたを気にいってんだよ。がまんだけで四年ももたないよ」

そうでしょうか？　とパタリが私《わたし》たちをみくらべる。うんと私《わたし》もうなずいていた。

「パタリ、帰るわよ」

雪の角が声をかけてよこす。

「私《わたくし》めも、帰ってよろしいのですか？」

パタリの声がうれしげにはずむ。

雪の角は、さっさとこいと手をふってドッテちゃんとゆらめく木の下へすすむ。

雪の角たちは、それぞれうれしそうに消《き》えていった。

王様《おうさま》の誕生日《たんじょうび》をいっしょに祝《いわ》っていけとさそわれたが、私《わたし》も家へ帰りたかった。

本物《ほんもの》のヤマネ姫《ひめ》もいずれ帰ってくるだろう。

にぎやかなホールの声をききながら西の塔《とう》へと階段《かいだん》をのぼる。

「ゾラってこわそうだけど、優《やさ》しいんだね。雪の角をすぐ助《たす》けようとした」

「ああ。優《やさ》しい。私《わたし》はゾラ様《さま》に命《いのち》を助《たす》けてもらった。私《わたし》は魔法《まほう》のうでがろくなもんじゃなくてさ」

「やる気がないだけでしょ。立派《りっぱ》なもんだってパタリがほめてた」

「今日はわれながらよくやったよ。まぐれってやつだね。あの頃《ころ》は、何もかもうまくいかなくてね。とうとう食いつめて、行くところもなくて、この森で野《の》たれ死《じ》にかけてたのさ。倒《たお》れこんでいたんだが、ウズラを焼《や》くいい匂《にお》いがしてね。はうように野宿《のじゅく》していたゾラ様《さま》のところへたどりついてた。ゾラ様《さま》は、私《わたし》をおいはらったりしなかった。あの時、わけてもらったウズラのおいしかったこと。そして、その時みた弓月の城《しろ》のきれいだったこと」

「ゾラが好《す》きだから、この城《しろ》にいるんだ」

オオカミに変《か》わったゾラをずっと目でさがしていたのだとわかった。

「そ、そんなこっちゃないよ」

「パタリは雪の角が好《す》きだから、そばにいるんだろっていったじゃない」

「さあ、そ、そうだったかね」

赤くなったホーライは、

「さあて、私《わたし》は本物《ほんもの》のヤマネ姫《ひめ》をつれもどさないといけないね」

と話をそらせた。

塔《とう》のホーライの部屋《へや》へもどると、

「頭数《あたまかず》だっていっておいて、大変《たいへん》なめにあわせたね。ごめんよ。こわいおもいもさせた。でも、あんたのおかげで、この城《しろ》は助《たす》かった」

ホーライは、私《わたし》をだきしめた。

「よかったね。今にきっといい名前をつけてもらえるね」

「ああ。いい相棒《あいぼう》もできたし」

「パタリは雪の角のところへかえったよ」

相棒《あいぼう》っておつかいまとはちがうのかな？　と私《わたし》はホーライをみた。

「あんたのこったろ。また何かあったら頼《たの》むよ。今日なんとかなったのはみんなヤマネ姫《ひめ》のおかげなんだからさ」

ホーライは、ポンと私《わたし》の肩《かた》をたたく。

「雪の角に頼《たの》んであげたじゃない」

「あれは最後《さいご》の手段《しゅだん》だよ。ちょくちょく頼《たの》むわけにいかないじゃないか」

「ちょくちょく頼《たの》むって、どういうこと！　そんなだから役《やく》たたずっていわれるんだよ！」

私《わたし》はさけんでいた。ドリームキャッチャーをにぎって、私《わたし》の部屋《へや》のベッドの上で。

「どうしたの？　こわい夢《ゆめ》でもみた？」

お母さんが、私《わたし》の部屋《へや》へとびこんでくる。

「役《やく》たたずがどうかした？」

とお母さんにきかれて、私《わたし》は笑《わら》いだしていた。

役《やく》たたずで、ずうずうしくて、なげやりで、やる気がなくて、どうしようもない魔女《まじょ》なのに、他《ほか》の魔女《まじょ》たちがホーライの手助《てだす》けをするのもわかる。あの情《なさ》けなさが、どうにもにくめない。きっと、私《わたし》もまたホーライのところへ、

「どうしようもないんだから！」

と、顔をしかめながらでも行くに決《き》まっていた。

「いやあね。おかしい夢《ゆめ》みたの？」

「うん。魔女《まじょ》の相棒《あいぼう》になったの」

「こわい夢《ゆめ》じゃないならよかったじゃないの」

お母さんは、あくびをしながら私《わたし》の部屋《へや》を出ていった。

こわい夢《ゆめ》じゃなかった。だって、夢《ゆめ》じゃなかったから。

足の裏《うら》が痛《いた》がゆくてしょうがない。

次《つぎ》の日、病院《びょういん》へつれていってもらったら、

「しもやけですね。今頃《いまごろ》、どうして？」

と、お医者《いしゃ》さんが首をかしげた。

柏葉幸子
（かしわば・さちこ）

1953年岩手県生まれ。東北薬科大学卒業。大学在学中に講談社児童文学新人賞を受賞、審査員であった佐藤さとる氏に認められ、『霧のむこうのふしぎな町』でデビュー、日本児童文学者協会新人賞を受賞、その後ファンタジー作品を多く書き続けている。1987年より「鬼ヶ島通信」編集同人となり、現在は編集委員。1998年『ミラクル・ファミリー』で産経児童出版文化賞フジテレビ賞、2007年『牡丹さんの不思議な毎日』で同賞大賞、2010年『つづきの図書館』で小学館児童出版文化賞、2016年『岬のマヨイガ』で野間児童文芸賞など受賞多数。他の作品に『大おばさんの不思議なレシピ』『帰命寺横丁の夏』『竜が呼んだ娘』『王さまに恋した魔女』『涙倉の夢』「モンスターホテル」シリーズ「おばけ美術館」シリーズなど多数ある。

長田恵子
（おさだ・けいこ）

1965年福岡県生まれ。東京女子大学文理学部卒業。出版社勤務ののち、独学で銅版画を学び、フリーのイラストレーターになり、書籍の装画や雑誌の挿画などの仕事を主に手がける。絵本『ワハムとメセト～ふたごの国の物語』、他に『トモダチックリの守り人』『めそめそけいくん、のち、青空』などがある。

魔女が相棒？
ねぐせのヤマネ姫

2018年11月　初版
2019年5月　第2刷発行

作　柏葉幸子
絵　長田恵子
発行者　内田克幸
編集　岸井美恵子
発行所　株式会社理論社

〒101-0062 東京都千代田区神田駿河台2-5
電話　営業 03-6264-8890　編集 03-6264-8891
URL　https://www.rironsha.com

デザイン　C·R·Kdesign
印刷・製本　中央精版印刷

ISBN978-4-652-20286-9 NDC913 A5 変型判 21cm 142p